Einaudi Tascabili. Stile libero
785

Dello stesso autore nel catalogo Einaudi

Puerto Plata Market

Superwoobinda

La piú grande balena morta della Lombardia

Amore mio infinito

Prologo
Ottobre 2000

La mia ditta è una tra le prime aziende in Italia nel settore dell'arredamento per bar, pasticcerie, gelaterie, gastronomie, alimentari, macellerie e articoli per la piccola e media distribuzione.

La mia ditta ha un *know-how* dovuto a oltre quaranta anni di esperienza nel settore e si sviluppa su un'area di trentaduemila metri quadrati con ventunomila metri quadrati interamente coperti e millesettecento metri quadrati di palazzina uffici ed esposizione.

La mia ditta è composta da uno staff di circa novanta collaboratori qualificati e ottimamente preparati, ha una notevole rete di vendita tra concessionari e rivenditori in tutte le maggiori città in Italia e all'estero.

I prodotti della mia ditta possono coprire tutte le esigenze di mercato con moduli d'arredamento realizzati con materiali di prima qualità e a costi contenuti e ciò grazie a un continuo rinnovamento tecnologico, rinnovamento voluto e perseguito attraverso la ristrutturazione dei vari processi produttivi per affinare e migliorare il risultato finale nel suo insieme.

I prodotti della mia ditta sono privi di Cfc.

I Cfc sono derivati alogenati degli idrocarburi. Non sono tossici ma sono gas-serra ventimila volte piú efficaci dell'anidride carbonica e per il fatto di essere chimicamente inerti raggiungono lo strato di ozono nella stratosfera dove il cloro in essi contenuto si libera e decompone l'ozono con una reazione ciclica provocando una riduzione dello schermo che protegge la vita terrestre dai raggi ultravioletti.

La produzione di Cfc e il loro consumo (per esempio nelle bombolette spray, nei frigoriferi o nelle plastiche espanse di altre ditte) sono stati fortemente ridotti attraverso l'applicazione della Convenzione di Vienna del 1985 e gli accordi di Montreal del 1987.

Io lavoro qui dai primi giorni di Febbraio 2000. Mi sono laureato l'anno scorso ho ventotto anni ho fatto diversi lavori. L'oggetto specifico del mio lavoro è la vendita di vasche per il pesce.

Nelle vasche per il pesce della mia ditta sono già facilmente riscontrabili i risultati del piú innovativo standard tecnologico e dell'incremento di industrializzazione che contribuiscono a quel rinnovamento estetico e di contenuti che la mia ditta sta perseguendo da tempo con tenacia e con costante impegno.

Le vasche che io vendo sono completamente in acciaio inox Aisi 316 e rispondono alle normative europee per igiene, sicurezza, ecologia e razionalità di esercizio, conosco il manuale in questi mesi l'ho imparato a memoria.

Le vasche che io vendo hanno moduli senza parti elettriche sulla scocca per maggiore sicurezza di esercizio, controllo temperature tramite pressostato su unità condensatrice, uscita tubi di refrigerazione per allaccio unità refrigerante remota con valvola termostatica staccata.

Agli acquirenti posso fornire solo la vasca o la vasca con i piedi di sostegno. Modelli con vetri curvi temperati, apribili verso il basso, pannello frontale idrofugo. Portacoltelli in acciaio inox, scarichi dotati di piletta inox filtrante.

Mi chiamo Matteo.
Sono nato il 12 luglio 1972.

Io, della mia vita, ho quattro cose da dire.

Prima cosa
La bambina, 1982

Nella casa di fronte c'era una bambina.

Quella bambina guardava la casa di fronte la sua e dentro le due case c'eravamo noi e lei bambini. Lei aveva dieci anni e io e Filippo dieci. Io e Filippo guardavamo lei che guardava noi la sera. La sera arrivava tardissimo, tutto il giorno io e Filippo lo passavamo a giocare in modo veloce. Andavamo sulla spiaggia, con la bicicletta. Noi, giocavamo a chi arriva prima al chiosco dei gelati.

Io e Filippo volevamo fidanzarci con lei.

La bambina aveva gli occhi che guardavano da tutte le parti e Filippo diceva che guardava lui. Io guardavo la bambina e vedevo che guardava me, perché mi voleva scegliere. Io, pensavo che ero un personaggio dei film americani. La sera avevo l'automobile e andavo a prendere la bambina. Andavamo al saloon a bere la birra guardandoci negli occhi in macchina.

Filippo diceva che aveva la carrozza e portava la bambina a abitare nel castello drogato di Topolino.

Filippo aveva un «Topolino» con la prima storia, quella lunga, di Topolino in un castello drogato. Lí tutto sembrava pieno di fantasmi di ogni tipo e invece era una specie di droga che Gambadilegno mandava dentro il castello attraverso dei tubi per nascondere il fatto che lui e altri due erano nascosti sotto il castello a dividersi il bottino di una rapina mentre ciascuno fumava sigarette di tutte le marche!

Filippo, diceva che in quel castello ci avrebbe abitato lui un giorno con la bambina e quattrocento cinquecento milioni per fare ogni sabato dei viaggi fuori dall'Europa.

Io, con la bambina sarei andato in Giappone.

Filippo sarebbe andato in Egitto a vedere il Nilo e sopra una barca lui e la bambina si sarebbero tenuti per la mano.

Io l'avrei tenuta per mano e le avrei comperato il Calippo.

Il Calippo, la prima volta che mi sono innamorato costava duecento lire.

Una volta Filippo si è mangiato tre Calippi uno dietro l'altro.

Io non avevo i soldi ho comperato un Calippo e un ghiacciolo.

Il ghiacciolo non mi piaceva ma lo avevo preso perché cosí almeno se Filippo aveva tre Calippi io avevo un Calippo e un ghiacciolo.

Una volta i soldi li avevo io ho comperato due Coppe del nonno e una Coppa Smeralda. Filippo moriva di invidia e si è comperato un Calippo e un ghiacciolo. Io sapevo che a Filippo il ghiacciolo non piaceva ma faceva finta di mangiarlo lo stesso con tantissima voglia per non fare vedere che mangiava meno gelato di me.

Un'altra volta, io avevo quattrocento lire Filippo niente.

Potevamo prendere due Calippi invece ci siamo messi d'accordo io ho comperato la Coppa Smeralda Filippo si è mangiato la meringa con una specie di marmellata che c'è in fondo al gelato che c'è sopra.

Nel nostro gruppo di bambini, il piú bravo di tutti a mangiare gelati era Gianni che rubava i soldi a sua nonna dal cassetto. Nel cassetto della nonna di Gianni c'erano soldi alla rinfusa Gianni ne pescava una manciata sua nonna non se ne accorgeva Gianni comperava gelati per tutti. Una volta sua madre se n'è accorta è passata lí sulla spiaggia Gianni aveva in mano due coni e io e Filippo il Calippo.

La madre gli ha chiesto dove aveva preso i soldi per i coni e sapeva che Gianni aveva preso i coni e anche i Calippi per Filippo e me. Io allora ho parlato per coprirlo ho detto che avevo pagato tutto io che i soldi me li aveva dati mio papà per pagare il gelato a tutti quel pomeriggio ma Gianni è diventato tutto rosso io balbettavo. Allora Filippo ha detto che i soldi li avevamo trovati appoggiati dimenticati sulla spiaggia vicino dove c'era la roccia per appoggiarsi.

Sulla spiaggia c'era una roccia per appoggiarsi una sola in tutta la spiaggia.

Tutti volevano appoggiarsi lí e io e Filippo essendo bambini non riuscivamo mai a metterci lí a parlare perché era tutto pieno di grandi appoggiati.

Allora andavamo al chiosco a parlare di Ufo.

Allora guardavamo nel cielo e aspettavamo che arrivava la sera.

La madre di Gianni ha detto tu i soldi li hai rubati alla nonna adesso ti porto in collegio finisci in collegio con tutti i bambini ladri del mondo rinchiusi.

Io mi tremavano le gambe Gianni ha buttato i coni per terra ha gridato io no, in collegio non ci vado a finire rinchiuso con gli assassini tu sí, gridava sua madre.

Alla fine tutti abbiamo buttato i gelati per terra scappando veloci e correvamo sulla strada fino a quando è spuntato il padre di Gianni che ci correva dietro diceva ti spacco la faccia sei un ladro.

Essendo io il meno veloce di tutti ho visto a un certo punto eravamo primo Gianni secondo Filippo e terzi a pari merito io e il padre di Gianni affiancati.

Allora ho smesso di correre perché non aveva senso che correvo, quella corsa era per una cosa che aveva rubato Gianni.

Io mi sono staccato dal gruppo, sono andato vicino alle macchine parcheggiate a guardare la scena a un certo punto Filippo è passato in testa Gianni gridava no papà no dopo ti spiego. Essendo Filippo e Gianni cugini Filippo non aveva ragione di smettere perché il padre di Gianni era suo zio avrebbe picchiato anche lui io no Filippo Gianni e il papà di Gianni continuavano a correre sul lungomare.

Ero fermo appoggiato a una Simca 1000 bellissima tutto era pieno di sole avevo il fiatone ero felice che i miei genitori non c'erano quella volta per picchiare anche me e a un certo punto il padre di

Gianni aveva le braccia piegate dure come Mennea per raggiungere Gianni che ormai arrancava come uno che sta per finire di correre Filippo ha svoltato è entrato in una spiaggia è sparito.

E io, mi immaginavo uguale a E.T. che improvvisamente Filippo e Gianni smettevano di correre sulla strada normale ma che si impennavano nell'aria e il padre di Gianni cercava con le mani di prenderli saltando come un pazzo mentre quelli non gliene fregava niente perché volavano dove volevano loro prendendo il volo come un'astronave spaziale e il padre di Gianni bestemmiava tutto rosso guardando nel cielo Filippo e Gianni sparire verso il sole che bruciava l'estate che io passavo dai miei zii per fare le vacanze fino a quando mio papà non veniva a prendermi per tornare a casa, per riprendere la scuola.

E il comandante Straker sarebbe venuto dallo spazio per salvare Filippo e Gianni con un'astronave a forma di tubetto di dentifricio alla fragola, Paperino's.

Per ripartire alla fine a manetta su una base S.H.A.D.O. a mangiare Calippi con le donne vestite spaziali con le parrucche viola e le parrucche rosa prima che un'invasione di dischi volanti avesse minacciato l'esistenza della vita sulla Terra e il normale svolgimento della vita sulla Terra.

Straker avrebbe fatto Gianni e Filippo capi di un gruppo di astronavi e avrebbero guardato in faccia la Morte Rossa ascoltando la canzone *Hipnotic Reality* dei Rockets, i cantanti con la testa pelata d'argento e le braccia argentate!

Filippo e Gianni mi avrebbero guardato dallo spazio mentre finivo le vacanze da solo invece a un certo punto il padre di Gianni l'ha beccato per un orecchio gli ha detto brutto ladro schifoso prendi questo e gli ha mollato una sberla al centro della faccia cosí forte che mi sembrava di averla presa io anche se dalla Simca 1000 parcheggiata c'era una distanza di cento metri io guardavo il suono di quella sberla la sentivo.

Allora era il tempo infinito.

Quando mancavano tre giorni alla fine della vacanza ormai ogni giorno alle sette io e Filippo guardavamo la bambina.

Era bellissima come non avevo mai visto o almeno mi sembrava guardando da dietro la tenda rossa per timidezza eravamo lí tutti e due io e Filippo ma Filippo era piú sfacciato e stava lí.

Allora alle sette e dieci Filippo ha aperto la finestra è uscito proprio sul balcone si è visto che la bambina è rimasta stupita lei aveva questa finestra alta e ci guardava stava sopra una sedia per vedere noi che la guardavamo con le trecce, nerissime.

Io gli ho detto no non esagerare cosa fai non adesso dài, Filippo, e lo dicevo gridavo a voce bassa per non farmi sentire dalla bambina nella finestra della casa di fronte come pazzescamente tutto stava accadendo allora e Filippo ha fatto ciao con la mano e anche io sono uscito sul balcone e in quel momento la bambina è scesa dalla sedia, è rimasta lí a fianco della sedia e si vedeva solo la sua testa spuntare guardare dall'altra parte del cortile Filippo e io che guardavamo.

Allora eravamo in due sul balcone io e Filippo

emozionati perché ci eravamo esposti completamente, ci eravamo rivelati.

La prima volta che mi sono rivelato è stato quando una mia compagna in seconda elementare non aveva mai i fogli a quadretti e io glieli prestavo sempre fino a che un giorno le ho regalato un quaderno. Lei lo ha preso lo ha messo nella cartella e mi ha detto che era contenta che glielo avevo regalato io. Io ho fatto finta di giocare con il righello le ho detto che glielo avevo regalato perché avevo tantissimi quaderni a quadretti, che ne avevo la casa piena, non sapevo cosa farmene e che però era il primo che regalavo cosí mi ero rivelato solo a metà, quella bambina si chiamava Cristina Maretti e aveva le mani belle un anello viola.

Io, credo che siamo rimasti quel giorno dalle sette e dieci alle otto in silenzio a guardare la bambina io e Filippo appoggiati al balcone mentre tutto diventava piú scuro e si sentiva l'odore della pizza e della sabbia e del mare e delle moto che passavano fino a che è diventato cosí buio e non si vedeva piú la testa della bambina, non si capiva piú niente io e Filippo non sapevamo se c'era o non c'era, siamo andati a mangiare la pizza.

Le pizze del mare erano con le acciughe o con il prosciutto o margherita e il papà di Filippo era arrabbiato per la politica in quanto i comunisti avevano perso i democristiani avevano vinto, staccava i pezzi dell'orlo della pizza con le mani e io ero contento perché mia madre che era democristiana no, mangiava tutto con la forchetta e anche mio padre mentre al mare con Filippo e i suoi genitori mangiavo con le mani la pizza margherita anche se per esempio la bistecca la mangiavano anche loro con la forchetta.

I comunisti mangiavano la pizza con le mani e dicevano le parolacce e non andavano a messa la domenica e ascoltavano la musica americana come il papà di Filippo. I democristiani mangiavano la pizza con la forchetta e dicevano al massimo orca l'oca dannazione accipicchia mentre il padre di Filippo diceva vacca troia porco buddha e mia madre non aveva neanche un disco non ascoltava la musica l'unica musica che sentiva era quella della messa. Io da grande pensavo sarei stato comunista ma a messa ci sarei andato comunque perché il parroco se non vai a messa ti prende a calci nel culo, e mentre mangiavamo il padre di Filippo diceva Andreotti di qui Andreotti di là e io pensavo alla bambina se aveva apprezzato che Filippo era stato cosí coraggioso da affacciarsi alla finestra oppure se pensava che Filippo era troppo sfacciato e che non sarebbe dovuto uscire sul balcone a guardarla come aveva fatto quella sera, che forse domani la bambina non sarebbe venuta a guardarci piú.

Poi il padre di Filippo ha preso una torta Saint-Honoré e l'ha messa in tavola e io non l'ho mangiata in quanto volevo il cono Atomic che avevo chiesto ma era finito almeno cosí ha detto la mamma di Filippo e sono andato in camera con Filippo a parlare di D.D. Jackson, la cantante spaziale, senza sparecchiare la tavola.

D.D. Jackson era la versione ragazza dei Rockets e i Rockets erano il complesso preferito di noi bambini affamati di *Spazio 1999*.

A *Spazio 1999* c'era Maja, la donna piú bella del mondo che diventava un giaguaro, mentre i Rockets avevano fatto dei dischi tra cui uno con Dio in copertina in mezzo allo spazio con la barba.

Quando facevano un concerto, i Rockets scendevano sul palco dentro dei cubi giganti e li scioglievano con i raggi laser e cantavano delle canzoni sugli asteroidi, il cantante mandava i raggi sul pubblico a differenza di D.D. Jackson che non mandava niente.

In provincia di Varese, dove abitavo, c'era una bambina che si metteva alla finestra a fare D.D. Jackson, metteva il giradischi piú forte e si muoveva come se era una navicella che entra nella galassia dell'amore ballando.

Quella bambina era la figlia del cartolaio e leggeva i fotoromanzi con gli attori che si baciavano e litigavano parlavano vicino al camino.

E quella bambina aveva una Barbie con la schiena che se la schiacciavi Barbie salutava con la mano alzandola.

A Filippo piacevano le canzoni che sentiva in televisione le voleva imitare.

Filippo voleva diventare uguale a Mino Vergnaghi, un cantante che ha vinto Sanremo con una canzone, *Amare*.

Io volevo diventare i Kraftwerk, gli uomini robotici che mi spaventavano e Filippo mi prendeva in giro, diceva che ero un robot e in quel periodo erano di moda robot di tutti i tipi e io ancora ne avevo uno di quando ero piú piccolo con Saturno nella pancia che si muoveva illuminato dentro uno sportello con le molle.

Un altro robot che avevo era nero, era telecomandato con i rumori galattici e lo mandavi in giro per la stanza fino a che non andava contro il tavolo e cadeva.

Io lo mandavo sempre da mia nonna quando dormiva e mia nonna sentiva i rumori dei pianeti che ruotano all'interno dell'universo e si spaventava, pensava che era mio nonno che era tornato dall'altro mondo per farle uno scherzo mia nonna si alzava di scatto a cercare il rosario una volta è andata sopra il robot e l'ha rotto, si è capito che era uno scherzo e io non avevo piú il robot.

Filippo diceva che bisogna controllare bene le persone quando le conosci se gli esce un liquido bianco dalla testa vuole dire che sono dei robot, e allora ti puoi difendere con un raggio gigatonico lanciato contro perché non esiste un robot che muore con uno sparo normale, lo devi disintegrare completamente come in quel film dove c'è un attore pelato nel Far West, *Il mondo dei robot.*

In quel mondo, le persone erano robot con un liquido bianco in testa.

Poi impazzivano e sterminavano tutti.

Io quella sera andando a dormire pensavo che se eri un robot e eri innamorato fino a che non ti sparavano un raggio gigatonico in testa restavi innamorato per sempre, era l'amore quello che come robot sentivo per la bella bambina che guarda.

L'amore è quando vedi una bambina e ti viene voglia di fare la marionetta per farla ridere, oppure se sei in chiesa e lei si gira e ti batte il cuore come se hai corso un'ora un'ora e mezza e il prete può anche mettersi a dire bestemmie sull'altare che non te ne accorgi, tanto guardi soltanto se la bambina si gira mentre l'amore dei grandi è piú serio, spaccano i piatti fanno un bambino.

L'amore è quando si è rotta la bicicletta e ti fermi a aggiustare la gomma a pulirla per mettere una toppa rossa e mentre la stai gonfiando arriva una bambina e non riesci piú a gonfiare la gomma e ti metti a parlare con lei di una trasmissione dove non ti ricordi piú la trasmissione ma gli occhi della bambina sono belli e non riesci piú a grattare bene lo sporco attorno a dove c'è il buco della ruota della bici.

L'amore è quando alla festa dell'Unità seduta davanti a te c'è una bambina che mangia le patatine e tu sei lí con tuo zio sei muto a guardare la bambina che mangia le patatine con le mani e non ti guarda e ti viene voglia di prenderle la mano e stare seduto in fondo a dove ci sono tutte le sedie insieme.

L'amore è quando tuo zio fa il meccanico e la sera finisce di lavorare e torna di sopra da tua zia che smette di tagliare la testa all'anguilla impanata e va incontro allo zio per dargli un bacio e lo abbraccia e lo bacia e poi ridono perché abbracciandolo la zia ha sporcato lo zio di anguilla ma non fa niente perché lo zio puzza già di parafango e cosí contemporaneamente puzza di parafango e anguilla.

L'amore è quando arrivano i testimoni di Geova e sono tre, uno vecchio con la cravatta rosa sua moglie e una bambina che guarda dappertutto la casa e sta zitta mentre suo papà e sua mamma parlano di Geova parlano della fine del mondo lei rimane lí e ha il vestito azzurro e tu vorresti mettere a posto tutta la casa lucidarla farla molto piú bella per piacere alla bambina dei testimoni di Geova triste.

L'amore è quando hai tre vaschette della Nutella con il cucchiaino arancione che sembra una paletta e non ne mangi neanche una le metti da parte per quando domenica arriva la figlia della signora Bimbatti per regalargliele tutte e tre e la paletta pure, la dài a lei.

L'amore è quando tuo papà in macchina inizia a cantare la canzone dei mobili Busnelli e tua madre davanti con la sigaretta canta anche lei e fino a che arrivano al distributore della benzina continuano a cantare e a ridere e non sembrano piú genitori sembrano bambini che alla ricreazione non hanno voglia di tornare in classe ma di giocare a nascondino a rialzo anche se sono genitori a causa dell'amore hanno davvero voglia di fare cosí.

L'amore è quando hanno fatto un film dove c'era una signora bellissima e tutti i bambini correvano in campagna per andare a vedere se si spogliava e stavano a aspettare che lei senza accorgersi dei bambini si spogliava e tra questi ce n'era uno grasso che faceva ridere e mandava un sacco di baci dietro la rete della casa dove c'era la signora bellissima che prendeva il sole sdraiata vicino al fiume.

L'amore è quando sei in vacanza in montagna con tua cugina tedesca che ha quattordici anni è bionda è bella e avete fatto dei portacenere con il Das e lei siccome non sa l'italiano quando un portacenere si rompe dice ho morto il portacenere e ti viene voglia di ridere ma non riesci a scherzarla perché hai voglia di abbracciarla di andare a passeggiare con lei in strada perché è bella è proprio una cugina tedesca con le calze rosse i capelli biondi.

L'amore è quando mancano due giorni alla fine delle vacanze e tu sei triste come una canzone sempre uguale perché vai a casa perché ricomincia la scuola perché non vedrai piú la bambina alla finestra nella casa di fronte alla tua la sera, non saprai mai come si chiama lei.

Era il 25 di agosto dappertutto, e c'era il sole che entrava dentro gli astucci, dentro i negozi. C'era un odore fortissimo di olio fritto e sembrava buonissimo e si confondeva al vento che incominciava a portare l'odore dell'autunno.

L'odore dell'autunno sa di terra e silenzio, di automobili cilindrata 1500 che passano a una a una, di sera che arriva presto.

Nella mia testa l'odore dell'estate e dell'autunno si confondevano nel vento rimasto assieme a me e Filippo alla finestra davanti alla casa della bambina a accorciare tutto quello che appena prima del telegiornale arriva.

E c'era come un senso di ansia appena sbilanciata e poi molto, mi veniva il panico davanti alle tende rosse che non si aprivano e qualche settimana prima avevo visto alla tele un film che si chiamava *Viaggio allucinante*, dove c'erano delle persone che venivano fatte piccine per entrare nelle vene di un ammalato e per guarirgli il cervello con un lanciarazzi.

Quell'uomo si era ammalato perché custodiva un segreto nel cervello.

Siccome era impossibile operarlo da fuori avevano deciso di rimpicciolire i medici e di iniettarglierli tranquillamente nel braccio.

Prima di entrare nel cervello le persone rimpicciolite si sono avvicinate al cuore e tremava tutto come se fosse stato un vulcano.

Allora con il telefono gli uomini piccolissimi hanno chiamato gli uomini normali fuori e hanno detto al medico che li guardava con una lente d'ingrandimento a raggi X di fare l'elettroshock, per fermargli un attimo il cuore e salvargli il segreto nel cervello.

Prima che la bambina scostasse le tende la vacanza era uguale a quel film mi batteva fortissimo il cuore avevo un segreto nel cervello, nel cuore.

Allora ho pensato che potevo fermarmi il cuore trattenendo il respiro come quella volta all'oratorio giocavamo a chi era il ciclista migliore.

I ciclisti fanno tantissimi chilometri hanno bisogno di fiato per riempire i polmoni che danno l'energia al sangue e cosí.

Ho trattenuto il respiro e sono diventato rosso.

Poi, si sono aperte le tende.

La bambina aveva una faccia come quella di Maria Giovanna Elmi, la presentatrice che sembra una fata ma con le trecce nere e la finestra della bambina sembrava un programma impossibile perché in nessun televisore c'è sotto la porta con le scale che portano a Maria Giovanna Elmi, la bambina sí e ogni sera alla finestra si vedeva lei che ci guardava e forse anche lei pensava che noi eravamo una televisione buffa, da vacanze nel 1982.

Anche Filippo era rosso e forse la bambina sicuramente, senza il coraggio di uscire un'altra volta sul balcone la guardavamo e allora la bambina ha fatto un sorriso grande almeno come una cosa cosí grande che non so esattamente spiegare come, ma tanto da riempire tutta la notte mia e di Filippo con discorsi su quella grandezza.

Per Filippo era grande come un asteroide.

Per me come molte astronavi nemiche.

Per Filippo come la base dove atterrano le astronavi.

Per me come cento basi dove atterrano le astronavi piú un dirigibile.

Per Filippo diciottomila dirigibili.

Allora io ho detto a Filippo che forse diciottomila dirigibili sono meno di cento basi dove atterrano le astronavi, e Filippo mi ha risposto che quel sorriso era grande come la luna e io gli ho detto che no, che era grande come tutto l'universo e lui mi ha detto che era piú grande dell'universo, era almeno due universi messi assieme e io gli ho detto che secondo me quel sorriso era come quello di tutto.

E lui mi ha detto che era come quello di tutto e di Dio.

E io gli ho detto che era come quello di tutto, di Dio e di Pippi Calzelunghe dal vivo.

Filippo le ha fatto segno di scendere.
Dai vetri della finestra le ha puntato il dito contro e lei ha fatto un'espressione stupita e Filippo le ha fatto segno con la testa di sí.
La bambina guardava dalla finestra e io non capivo perché eravamo sempre stati muti perché non c'eravamo mai detti una parola con la bambina nemmeno un gesto a parte il saluto dell'altro giorno e quel giorno era l'ultimo prima delle vacanze e Filippo continuava a farle segno di scendere.
Di scendere giú.

Io pensavo che Filippo era ammattito e guardavo Filippo che si sbracciava con la faccia seria come non l'avevo mai visto.
E vedevo la bambina che guardava me che non sapevo che faccia fare che sorridevo imbarazzato e vedevo che occhi belli aveva questa bambina e chiedevo a Filippo cosa voleva fare.

Mentre incominciava a fare sera Filippo e io e la bambina per la prima volta ho pensato era la prima volta davvero che stava per succedere qualcosa anche se non capivo che cosa con Filippo che diceva di stare zitto, che ci pensava lui.

E gli occhi della bambina erano grandissimi e era tutta rossa.

Filippo è uscito sul balcone e ha detto a alta voce alla bambina che doveva scendere in cortile. La bambina gli ha fatto segno con il dito che era scemo e ha sorriso e ha detto di no e allora Filippo le ha gridato ti prego, ti devo parlare.

La bambina allora ha aperto la finestra e anch'io sono uscito sul balcone.

Per la prima volta la bambina la vedevo senza vetri e la guardavo e vedevo che aveva una gonna rossa come le tende ma si vedeva appena, forse erano dei pantaloni ma erano rossi, erano bellissimi.

Io, non ho mai capito perché le donne hanno la gonna mentre gli uomini no a parte gli scozzesi mentre le donne possono mettere sia i pantaloni che la gonna anche se non sono scozzesi possono fare quello che vogliono. Vedevo questo rosso appena del suo vestito sulla maglietta bianca e credo che ero tutto sudato e non sapevo cosa fare.

La bambina ha chiesto a Filippo perché doveva scendere e cosí si è sentita la sua voce che mi sembrava quella di un gatto mista alla voce della mia maestra della seconda elementare quando gridava e era emozionante sentire uscire quella voce dalla bambina che tutte le sere guardavamo.

Lei aspettava in silenzio e c'era un vuoto assoluto io non sentivo piú nulla non c'era nessun rumore in quel momento sembrava quando fanno le sfide nel Far West tutto diventa muto non vola nemmeno una mosca c'è silenzio assoluto.

Io ero veramente imbarazzato ho preso Filippo per la maglietta l'ho scosso gli ho detto a bassa voce cosa voleva fare cosa stava facendo ma lui non si è nemmeno girato a guardarmi, continuava a guardare fisso la bambina che aspettava una sua risposta e credo che quel momento è durato tantissimo, era un momento che continuava a non finire e

Non c'era nessun rumore di nulla come certe volte in televisione quando va via completamente la voce o al cinema quando si incanta il film per un momento vedi sempre la stessa immagine e cosí quella volta io vedevo fissa la faccia della bambina che guardava noi due che la guardavamo cosí.

Filippo allora le ha detto vediamoci giú in cortile.

La bambina gli ha chiesto perché.

Filippo ha aspettato un attimo.

Le ha detto che doveva decidere.

La bambina ha detto di sí.

Mentre scendevo le scale mi sentivo un robot con dove si apre al posto delle galassie l'amore. Filippo anche era un robot e mi spiegava che l'amore era fatto cosí, che la bambina doveva scegliere e io controllavo se gli usciva il liquido dalla testa dei robot.

Mi sembrava che non era piú quasi ora di mangiare ma tutte le ore messe insieme, non so spiegare perché a ogni parola che Filippo diceva pensavo che tra poco saremmo stati giú in cortile con la bambina e non sapevo cosa sarebbe successo e avevo una voglia matta di tornare in casa per chiudermi in camera mia anche se allo stesso tempo non vedevo l'ora di essere in cortile.

Improvvisamente Filippo mi è sembrato grande, un uomo di trenta quarant'anni e forse proprio per quello mi sembrava piú robot di me.

Allora pensavo se i miei genitori quando si sono scelti anche loro si stavano guardando alla finestra di molto tempo fa.

E mia madre bambina spostava le tende e guardava mio padre insieme a un altro tipo e mi immaginavo che quel tipo era uno di Giove con la maglietta dell'Inter piena di tentacoli e mia madre per non spaventarsi sceglieva mio padre.

Poi pensavo che se mia madre sceglieva quello di Giove io nascevo pieno di tentacoli e a scuola tutti mi scherzavano quando entravo in classe anche se per esempio avevo l'astuccio piú bello. Poi abitavo su Giove e alle otto meno dieci scendevo davanti a scuola tutti i giorni.

Io e Filippo andando giú dalla bambina scendevamo gli scalini a due a due ma poi per l'emozione ci siamo fermati un attimo e abbiamo visto che eravamo già al primo piano e che se continuavamo cosí saremmo arrivati prestissimo in cortile e non so perché abbiamo deciso di fermarci a aspettare qualcosa a frenare tutto questo tempo che stava passando.

Filippo mi ha dato una caramella frizzante di quelle che quando le succhi dentro c'è una specie di polverina all'arancia che scoppia.

Poi abbiamo ripreso a scendere le scale, e io tenevo in tasca le mani e facevo finta di avere delle pistole per difendermi se al posto della bambina incontravamo un delinquente qualsiasi o addirittura un poliziotto impazzito che spara dappertutto petardi che forse sono magici.

Filippo invece muoveva le braccia nell'aria come se nuotasse per fare lo scemo per vincere l'ansia della scelta che tra poco ci sarebbe stata.

E quando siamo arrivati alla porta della nostra casa era già quasi completamente buio e c'era lo stesso odore di cantina che c'era sempre e capivo che quello non era lo spazio dove si scontrano gli astronauti con le loro astronavi ma una casa al mare dove avremmo incontrato una bambina.

E che nella maggior parte della realtà non si capisce quanta realtà c'è e in quel momento ho pensato se fossi morto all'improvviso senza accorgermi per esempio scivolando sbattendo la testa sui gradini forse mi sarei immaginato lo stesso di andare dalla bambina che mi avrebbe visto tutto pieno di sangue scegliendo quindi Filippo per la sua paura dei morti e io avrei vagato nell'Oltretomba pensando per decine di secoli con le mani piene di sangue al mio amore perduto e a tantissime altre cose che sempre pensi quando sei morto come per esempio mia nonna che è morta da vent'anni chissà quante cose ha pensato essendo morta da tutto questo tempo.

Allora io e Filippo ci siamo messi a aspettare a braccia conserte in silenzio appoggiati al muro fuori dalla porta io guardavo in alto la finestra vuota della bambina che adesso sarebbe arrivata e respiravo forte come quando stai per tirare il pallone e il pallone è finito fuori dall'oratorio e qualcuno è andato a prenderlo resti solo lí davanti al portiere tu e il rigore che a un certo punto devi tirare.

Allora era il tempo infinito.

Era una bambina che qualunque collina avrebbe voluto come sole.

Era la prima volta che la vedevo interamente e aveva le scarpe bianche.

Camminava verso di noi piano decisa veniva verso il centro del cortile e allora Filippo mi ha detto di aspettare, si vedeva che io ero emozionato tantissimo e ciucciavo la caramella frizzante come un astronauta che ciuccia una caramella molto frizzante.

In quel modo, Filippo le è andato incontro.

Io, guardavo.

Diventando rossa la bambina si sono incontrati, si sono messi lí in piedi a parlare mentre io vicino alla porta aspettavo.

Quando sei molto emozionato non sai a che cosa pensare e io avevo pezzettini di pensieri che incominciavano e finivano subito, si mettevano come su un tavolo tutti assieme come dei cosi di pongo non finiti.

Uguale a quando mischi tre o quattro colori diversi di pongo e ti resta tutto un pastone verde scuro, e non sai cosa fare, lo appoggi lí sul tavolo mischiato prima di andare fuori a giocare.

Filippo ha incominciato a parlare a bassa voce, non riuscivo a capire cosa dicevano Filippo e la bambina ma innanzitutto era Filippo che parlava all'inizio guardato dalla bambina.

La bambina restava ad ascoltare con la faccia un po' abbassata e c'erano questi secondi lunghissimi che rimbalzavano in tutto il cortile, passavano degli anni mentre vedevo la maglietta di Filippo davanti al braccio della bambina o insomma mentre aspettavo, continuamente, senza smettere di farlo e allora per fare finta di non aspettare ho guardato in alto, verso la finestra della bambina con le tende ancora aperte e le altre finestre.

Dentro una c'era un signore che leggeva un giornale.

Dentro un'altra non si capiva, si vedeva un pezzo di mobile con sopra la radio.

Dentro un'altra c'era un padre di spalle, la madre metteva in tavola delle cose da mangiare, toast panini e in quel momento la bambina Filippo si sono girati mi hanno guardato.

Io ho visto ho fatto un sorriso come quando fai una fotografia alla cresima e c'è un sacco di gente, anche se è diverso se è la tua cresima o quella di tuo cugino.

Io quella volta ho fatto un sorriso come se era il mio battesimo la mia comunione la mia cresima insieme e allora Filippo ha fatto sí con la testa e è tornato indietro.

La bambina è rimasta lí aspettava e mentre Filippo arrivava la bambina mi guardava e anche Filippo mi guardava, mi guardavano tutti.

Filippo è arrivato è venuto lí e ha messo la mano come per darmi il cinque e io l'ho fatto. Filippo era tutto serio e ha detto che la bambina ce ne aveva messo di tempo per decidere.

Io ho detto di sí e respiravo.

Respirando ho guardato la bambina che sorrideva e questo era un sorriso e era il mio batticuore che nessuno ha mai scritto su un giornalino, su un libro è difficile che mentre Filippo è lí vicino a te c'è un'agitazione cosí forte, non riesco a spiegare ma tutto era cosí davvero sera che diventa sera, e si trasforma in notte e estate e voglia di piangere e ridere nello stesso batticuore.

Filippo si mangiava le unghie e stava lí.

Io gli ho detto che come robot faceva ridere perché i robot non si mangiano le unghie e allora lui mi ha detto che la bambina si chiamava Chiara, e aveva scelto me.

Filippo mi ha detto vai da lei.

Allora hai scelto me, le ho detto dopo che sono andato nel centro del cortile dove c'era lei che mi aspettava.

Lei mi ha risposto che anche Filippo era simpatico e io le ho detto che sí, e suo padre era un comunista mentre io avevo la bicicletta verde, ma a casa, non la portavo in vacanza.

Praticamente, non sapevo cosa dicevo.

Forse avrei dovuto offrirle un Biancorí, che è un tipo di Ciocorí, ma bianco.

Quando due si amano mangiano sempre il Biancorí.

Lei stava zitta vicino a me e aveva appena un inizio di seni.

Quando a una certa età alle bambine iniziano le tette loro guardano fuori dalla finestra e tu le guardi di piú per vedere quanto sono spuntate, almeno se le conosci.

Ho saputo che ti chiami Chiara, le ho detto, è un nome molto bello e lei mi ha detto che sí, le piaceva quel nome e allora lei mi ha detto che aveva saputo che mi chiamavo Matteo e io le ho detto di sí e in quel momento lei mi ha preso la mano e io ho sentito la sua mano arrivare come una specie di caldo che ti emoziona il giorno dello scudetto prima di entrare a messa sono tutti lí fuori a parlare della fine del campionato e tu sai che ormai la tua squadra ha vinto lo scudetto e ci continui a pensare durante tutta la messa rivedi le azioni della stagione i cross li ripeti con la mente e sei felice del calcio mercato sei felice della classifica cannonieri sei contento di tornare a casa a guardare la *Domenica sportiva*.

Quando mi ha preso la mano io mi vergognavo con Filippo ho guardato verso la porta delle scale Filippo non c'era piú o forse c'era perché io ho guardato poco con la coda dell'occhio per non fare vedere alla bambina che mi vergognavo dell'amore e del fatto che avesse scelto me e non Filippo.

Allora mi sentivo con l'acqua alla gola e le tenevo la mano guardando un po' l'incominciare delle tette un po' verso dove c'era un palazzo con una scritta della banca lontano da dove stavamo.

E stavamo mano nella mano lí a passeggiare piano, ci guardavamo poco e si è sentita la voce del padre di Filippo che gridava perché eravamo usciti a quell'ora senza dire niente e io ero lí in cortile.

Io ho detto a Chiara che il giorno dopo partivo e lei mi ha detto non partire.

Io non sapevo le ho detto allora ciao io devo andare di sopra e lei mi ha detto se tornavo l'anno prossimo ci vedevamo ancora e che lei era lí con sua madre da sola.

Io le ho detto di sí e lei ha fatto un sorriso che le si vedevano i denti e un pochino piú sorrideva piú le stringevo la mano, attorno era tutto di un colore della sera che diventando piú scura ci faceva stare da soli.

Allora ciao io devo andare le ho detto lasciandole la mano pianissimo in modo che lasciandola mi sentivo come un viaggiatore scoprivo ogni pezzetto delle sue dita come un esploratore in quanto navigavo emozionato tra le dita mi ritrovavo a sentire una mano cosí bella da toccare e ci guardavamo in un modo che dovevo andare via ma stavo lí a volerla baciare sulla guancia.

Adesso devo salire, mi ha detto e io ho fatto di sí con la testa deglutivo lei era bellissima e non so perché continuavo a guardare il coso della banca dopo il palazzo del signore con il giornale mi sembrava di essere in Russia una volta avevo visto una trasmissione dove c'erano due spie che di notte si tenevano la mano e si baciavano dopo avere camminato in silenzio sulla strada verso la fine del film si guardavano negli occhi e si baciavano mentre io per l'emozione non riuscivo guardavo il coso della banca che grandemente illuminava il mare che dal nostro palazzo si vedeva emozionato.

E prima della fine dell'estate prima che mi venisse questo impossibile coraggio di baciarla prima di andare di sopra a fare le valigie prima di partire prima di leggere «Topolino» prima di diventare grande prima di diventare comunista o democristiano prima di finire la scuola prima di andare a letto prima che qualcosa strapiena di sí scoppiasse pianissimo le ho detto, amore mio infinito.

Seconda cosa
I coccodrilli, 1985

Ma che razza di coccodrillo sei
Se non ci spieghi cosa vuoi
E fai ballare tutti noi

EDOARDO BENNATO

h. 18.16

Oggi è il giorno del mio compleanno.
Compio tredici anni.
Abito in una famiglia normale.
Mia madre, sta morendo.

La mia vita è cosí: a mezzogiorno abbiamo mangiato la minestrina con il formaggino Susanna.

Da bambino il formaggino Susanna mi faceva impazzire perché dentro la scatola c'erano i punti per vincere il coccodrillo Susanna gonfiabile. Pensavo piú minestrine mangio piú si avvicina il giorno che avrò tutti i punti per vincere il coccodrillo.
Io quel giorno lo aspettavo.
Doveva essere un giorno speciale, il giorno del coccodrillo Susanna.

Avrei messo il coccodrillo davanti alla stanza, avrei proibito ai grandi di entrare.
Poi invece i punti li perdevo. Il giorno del coccodrillo Susanna non è arrivato mai.
Al suo posto è arrivato il giorno del mio compleanno che è come un fischio in testa che non

smette di farmi capire che vorrei tornare indietro a quando non avevo pensieri nella testa tutto il giorno come adesso che sono chiuso nella mia stanza. Mi sento come una nave che è partita e si è persa. Io non credo che vorrei arrivare.

Io non credo che vorrei essere partito.

Io non credo che vorrei essere nato.

Io so che essere nati è come scrivere un punto di domanda sulla lavagna di una classe che non esiste. Io sento il rumore di quel gesso che si ripete. Lunedí, martedí, mercoledí, giovedí, venerdí, sabato, domenica e di nuovo, il gesso stride ci sono una valanga di altri telegiornali, altre minestrine.

Questa, è la vita.

E a tredici anni soltanto lo puoi capire perché i grandi credono in un modo assassino al telegiornale. Se lo raccontano a pranzo a puntate come una fiaba che non finisce mai. Per loro è una fiaba ma non si accorgono che è una minestrina con il formaggino Susanna condita da politici che ci annegano dentro dicono come è oggi l'inflazione, mariti che uccidono le mogli e partite di pallacanestro pareggiate.

I grandi sono fatti cosí.

I grandi parlano di Andreotti.

I grandi si ripetono delle idee su Andreotti.

I grandi cambiano opinione su Andreotti.

I grandi ascoltano cosa dice Andreotti.

I grandi aspettano l'intervento di Andreotti.

I grandi cercano di capire cosa ne pensa Andreotti.

I grandi stimano l'intuito politico di Andreotti.

I grandi pensano che su questo o quell'altro argomento dovrebbe esprimersi Andreotti.

I grandi soppesano le posizioni che assume Andreotti.

I grandi badano alle azioni di Andreotti.

I grandi valutano le contraddizioni di Andreotti.

I grandi prendono sul serio Andreotti.

I grandi si interrogano sui giudizi di Andreotti.

I grandi amano i sottintesi di Andreotti.

I grandi giudicano le relazioni di Andreotti.

I grandi portano il discorso sulle ultime alleanze di Andreotti.

I grandi si beffano delle parole di circostanza di Andreotti.

I grandi muovono delle obiezioni mentali a Andreotti.

I grandi discutono dei ricordi parlamentari di Andreotti poi gli scoppia una vena del cervello piena di notizie che ascoltano e di soldi che portano in banca il lunedí mattina presto per fare meno coda allo sportello.

Io non voglio piú andare a scuola.

Io mi viene sempre in mente che adesso sono vivo.

E questi, sono i miei pensieri.

h. 18.17

A scuola fino a giugno i pensieri di essere vivo sono diventati spessi man mano che arrivavano fino a scoppiare a centinaia impazziti.

Dentro di me era tutto pieno di pezzetti, mi sentivo cosí.

Poi l'estate paralizza i pensieri li lascia dentro un catino d'acqua stagnante immobile, dove rimbombano trasportati dappertutto come segnali sonori le frasi le emozioni che mi prendono alla gola e mi proibiscono di parlare durante le interrogazioni e ogni volta che voglio parlare con i miei genitori guizzano confusi, fuori.

Soltanto io li vedo.

Sono i pensieri di essere vivo.

A scuola fino a giugno c'erano tutti i secondi della mia vita uscivano fuori dal tempo erano delle lucertole al sole.

Specialmente sabato questi pensieri di essere vivo alla fine dell'ora di matematica quando manca un quarto d'ora ma la lezione è ormai finita da cinque minuti si sparpagliano dovunque fino a che si mettono bravi in fila indiana come giorni e settimane si affollano fanno la coda davanti alla campanella sempre piú lontana che diventa un sogno torbido e irragionevole e sterminato. Tu frughi nella cartella ti guardi attorno nella classe tutti seduti come astronauti al posto di decollo verso l'intervallo ibernati in uno spazio senza dimensioni la penna della professoressa che ticchetta sulla cattedra lunare dell'orrore, la mattina.

Allora penso al fatto che sono vivo lo sento fortissimo nell'aria dappertutto.

Io non diventerò mai grande.

I miei genitori guardano la faccia degli altri genitori che li guardano tristi.

Con il nervoso di chi deve andare via. Ma continuano a parlare.

Loro hanno una tristezza che è normale.

h. 18.18

Io non voglio diventare normale.

E dico che ho tredici anni e non diventerò mai grande perché tutto sta cambiando.

Io aspetterò fino all'ultimo il giorno del coccodrillo Susanna.

Combatterò con i pirati.

Politici, niente.

Anche se mi dicono che sono pazzo.

Ogni mattina sul pullman per andare a scuola c'era un ragazzo che di solito non parla con nessuno, un ripetente di seconda.

Si alzava in piedi appena partiva il pullman continuava a fare avanti e indietro sul pullman diceva con un ghigno: – Impazzire, bisogna.

Con mia madre non parlo piú.

Con mio padre non parlo piú.

Io, vorrei diventare come loro. Per quello che riguarda la patente almeno. E solamente per quello. A volte mi fanno pena.

A volte sento che sono io che io sto diventando uguale a loro.

Forse tutto è incominciato sei mesi fa io stavo guardando una pubblicità di un reggiseno Triumph su «Sorrisi e canzoni» quando sono rimasto imbambolato un quarto d'ora e non riuscivo a staccare gli occhi dal giornale avevo improvvisamente sete ma non volevo bere e quasi mi mancava il fiato io guardavo la donna sulla pagina aperta che tenevo in mano e tutto quanto si trasformava io volevo conoscere molte ragazze dei giornali volevo uscire la sera con la fotografia di «Sorrisi e Canzoni» e ancora come fossi imprigionato il mio pensiero e tutto che deraglia giú il respiro si fa piú pesante continuavo a guardare quella fotografia in quanto prima non mi sono mai interessato ai reggiseni ed è chiaro che non guardavo il reggiseno ma il seno che si vede sotto si intravedeva il seno come un pallone che tira mi sentivo smarrito incollato letteralmente alla foto appiccicato come non avevo provato mai prima l'emozione di rimanere a fissare una cosa molto piú dei caleidoscopi colorati da guardare e riguardare continuamente in bagno da quando quella volta era come se stavo male mi chiudevo sempre in bagno per vedere quella fotografia del reggiseno dell'emozione della voglia incontenibile sempre piú forte di comperare moltissimi reggiseni Triumph di conoscere ragazze che indossano reggiseni Triumph senza che mia madre se ne accorga per esempio il pomeriggio uscire e trovarmi in una fiaba in una pubblicità lontana da tutto dal telegiornale dove ci sono solamente modelle che indossano reggiseni Triumph e se li tolgono con i seni molto grossi con l'ansia di dire moltissime parolacce di guardare il seno di tutte le donne o meglio di una soltanto, e di salvarla per sempre.

> Tu invece sei la sola
> Che va cosí sicura
> Sul trampolino
> Di Capitan Uncino.
>
> EDOARDO BENNATO

Nel covo dei pirati
C'è poco da scherzare
Chi non si arrende
Finisce in fondo al mare

EDOARDO BENNATO

h. 18.19

La vita ti prende butta i tuoi pensieri sottosopra come in un film di pirati dove tutti continuano a sparare cannonate e tu ti trovi in mezzo cerchi di toglierti di andare via da lí ma è impossibile, il regista ti ributta dentro camera tua.

In camera tua è un film di pirati.
Fuori, sono tutti pazzi.

Faccio fatica a restare qui.

Tutto va a pezzi e non riesco a capire che il cuore batte cosí forte ogni volta che penso a chi vorrei che fosse qui adesso e che ha cambiato, per sempre, la mia vita. Morire sarebbe meglio che questo stare qui come se una mattina il sole non riesce piú a uscire e tutti si mettono lí a guardare il cielo alle cinque del mattino alle sei del mattino alle sette del mattino nulla è ancora tutto buio e alle otto la gente di tutto il pianeta si guarda in faccia, nessuno sa piú che cosa fare.

E cosí per giorni e giorni fa buio su tutta la Terra e io rimango qui a guardare alla finestra se Maria passa e penso a quando l'ho vista la prima volta l'unica volta che l'ho vista con la tuta rossa la mia vita si è fermata io avevo ancora dodici anni.

La mia vita, dipende da lei.

h. 18.20

Una volta da bambino mi è venuta la febbre altissima ero a letto e sentivo che i numeri mi venivano addosso. Il numero uno non mi faceva paura perché era piccolo, era come le caramelle che all'oratorio costavano una lira ciascuna, dolce di zucchero blu. Il numero due era un po' piú grande, e spigoloso con l'uncino che si ripiegava su se stesso come il cappuccio di un monaco inginocchiato. Il numero tre era morbido, come un arco piegato due volte, come una spiaggia divisa dagli scogli. Il numero quattro era serio, seduto con le gambe incrociate a pensare. Il numero cinque un po' sciocco camminava nella matematica con la pancia e il berretto da giocatore di baseball. Il numero sei solitario e prepotente e però l'unico che aveva capito tutto della vita, un filosofo che passava tutto il giorno a pensare. Con il tempo, il numero sei si trasformava in una specie di sedia a dondolo. Il numero sette era il piú allampanato di tutti, alto segaligno e cinico, in fondo una persona triste, che fa battute taglienti per togliersi d'impaccio in qualche modo per sottrarsi a una vita che detesta. Il numero otto mi sembrava una specie di Buddha anziano, uno che ne ha viste di tutti i colori e preferisce parlare poco. Il numero nove era mia madre, stanca e tesa sempre, alla ricerca della perfezione nel mettere di nuovo a posto la casa. Il dieci una locomotiva sicura di sé spedita nel mondo dei numeri passava veloce trainando lo zero. L'undici era una coppia di gemelli che andavano male a scuola, stavano in fondo alla classe senza dire una parola e cercavano di passare molto inosservati. Il dodici un signore anziano su un calesse che andava veloce a scompigliare i numeri che venivano prima, cosí. Il tredici era il piú tremendo di tutti. Non volevo vederlo se lo pensavo chiudevo gli occhi, era un pescecane che arriva sulla spiaggia, e aspetta nascosto. Quando vedevo il tredici urlavo. Allora veniva mia madre e mi diceva di dormire tranquillo, che dopo la febbre mi passava.

Ti hanno iscritto
A un gioco grande
Se non comprendi
Se fai domande

EDOARDO BENNATO

h. 18.21

Le cose che si comprano al supermercato scadono.

L'amore uguale.

Sui surgelati c'è scritta la data di scadenza.

Nell'amore la scadenza arriva all'improvviso, senti un odore micidiale devi andare via di lí è l'amore, che odora.

L'amore dei grandi puzza fortissimo.

L'anno scorso il giorno del compleanno di mia madre mio padre è tornato a casa la sera con un pacco.

Era un pacco molto bello con un fiocco rosa mio padre ha suonato il campanello ha detto a mia madre buongiorno c'è un pacco per lei.

Mia madre ha sorriso ha preso il pacco lo ha messo sul tavolo si sono abbracciati.

Io li guardavo dalla porta della mia camera era bello.

Mia madre ha sciolto il fiocco.

Mio padre l'abbracciava.

Mia madre ha tolto lo scotch ha tolto la carta da pacchi.

Mia madre ha fatto una faccia strana.

Mio padre allora ha smesso di abbracciarla è rimasto lí cosí dietro di lei.

Mia madre ha iniziato a piangere.

Mio padre le ha chiesto perché amore mio cosa c'è.

Mia madre ha detto questa non me la dovevi fare.

Mio padre ha detto con la voce che gli tremava questa che cosa amore mio.

Mia madre ha buttato la Pizzamatic per terra.

Un giorno mio padre ha visto la pubblicità della Pizzamatic su Antenna Tre Lombardia. C'era un signore con il cappello da cuoco i baffi gridava diceva compratela conviene è come essere in pizzeria tutti i giorni voi vi impastate la vostra pizza in quindici minuti è fatta.

Mio padre voleva comperare la Pizzamatic.

Mia madre no.

Quella sera mia madre se n'è andata di casa ha sbattuto la porta è uscita.

Mio padre mi ha guardato come un bambino picchiato non ha detto niente.

Poi ha raccolto la Pizzamatic da terra l'ha messa nella confezione e l'ha portata in solaio.

Io sono rimasto solo in casa per un momento fino a che non è ritornato mio padre.

Allora ho sentito in casa questa specie di odore dell'amore dei grandi una cosa che senti che ti prende allo stomaco di due persone che stanno insieme come i miei genitori e fanno un sacco di pasticci e ogni giorno in casa c'è nervoso quando si mangia c'è silenzio delle volte si sente il rumore delle posate pesante lunghissimo come un tuono che si sta per abbattere sulla casa un rumore stridente impossibile che continua a ripetersi come un grido attraverso le posate piú c'è nervoso piú c'è rumore quando mia madre è arrabbiata sbatte il cucchiaio nel piatto piú forte mio padre tira su la minestra aspira forte sembra che tutto quanto sia fatto di vetro che sta per cadere da un momento all'altro sta per rompersi tutto la tua vita ogni secondo è cosí ti batte il cuore fortissimo mentre alla televisione c'è Andreotti che parla e alle volte in questo silenzio mio papà mia mamma mi chiedono delle cose come per esempio come va la scuola? Hai fatto i compiti? E parlano uno per uno con me se parla uno non parla l'altra perché hanno litigato e io mi sento in mezzo a un fuoco come se sparassero come se si sentisse fortissimo l'odore dell'amore dei grandi nell'isola dei pirati catturati.

L'amore dei grandi, per esempio, c'erano due miei vicini di casa lei stava in casa tutto il giorno lui tutto il giorno fuori.

Lui ogni volta che tornava lei gridava, si chiudeva a chiave e diceva che la stava picchiando in quanto non era vero perché lui era chiuso fuori.

Oppure delle volte lei lo chiudeva fuori dal portone a chiave lui stava fuori dal portone tutta la notte e quando qualcuno al mattino presto entrava gridavano.

I grandi tirano dei calci contro la tua porta la mattina ti buttano giú dal letto io sento la sparatoria vedo la luce della stanza al mattino quando era ancora tutto buio svegliarmi era come essere mangiato da un coccodrillo mio padre quest'anno delle volte mi ha svegliato dando un calcio alla porta che a me sembrava la distruzione dell'universo perché delle volte gli uomini vorrebbero distruggere l'universo e invece non ci riescono per esempio mio padre non riusciva a distruggere l'universo distruggeva solo la porta di camera mia e mi guardava con la faccia sconvolta perché non voleva mai essere nato non voleva essersi incasinato nella vita non voleva pensare alle cartelle cliniche di mia madre mi diceva di non mettere troppo Nesquik nel latte.

Chi ti risponde
Ti dice presto
Quando sarai grande
Allora saprai tutto

EDOARDO BENNATO

h. 18.22

Il giorno che abbiamo scoperto che mia madre era ammalata di cancro eravamo andati tutti assieme dal commercialista. Il commercialista dei miei genitori è un uomo con i baffi gli occhi abbassati che non ride mai. Abita in una villa con un balcone bucato. Nel buco ci passa un albero. Quell'albero mi diceva mio padre da bambino l'aveva visto crescere ci hanno costruito un sacco di case attorno fino a che non c'era piú spazio e il commercialista era una brava persona perché per non sacrificare l'albero aveva sacrificato un pezzo di balcone. Cosí l'albero è bello beato incrostato di smog lui vive dei sacrifici altrui dei sacrifici del commercialista tutto stretto e soffocato e una cosa tipica dei grandi è fare dei sacrifici inutili ti soffocano per amore si preoccupano per te ti dicono lo fanno solo per il tuo amore.

Dopo il commercialista allora siamo andati in ospedale a ritirare le analisi.

I miei genitori si tenevano per mano con una faccia stranita non dicevano nulla.

È arrivato il dottore loro sono entrati mi hanno lasciato lí in corridoio da solo.

Io sentivo questo odore forte di medicine e i muri bianchi e tutto il resto.

Io pensavo che è impossibile fare guarire una persona malata portandola in un posto in cui si sta male, una persona che sta male si deve divertire.

Io pensavo che mia madre si doveva divertire, e che i miei genitori non si divertivano mai in quanto da grandi tutto diventa piú serio perché capiscono il funzionamento del mondo che è triste perché già i dinosauri si mangiavano l'uno con l'altro buttando chilometri di sangue.

Cosí a venti trent'anni i genitori capiscono come si fa a parlare con il commercialista.

Capiscono che l'Oransoda fa male.

Capiscono che quando cammini per la strada può darsi che finisci sotto le macchine, mentre un bambino non lo capisce perché vuole giocare, lui pensa di essere a Paperopoli arriva un motorino sparato e lo fa secco.

I grandi, vanno a lavorare in una ditta.

I grandi capiscono che bisogna capire.

Capiscono che la gente della loro età incomincia a morire.

Una volta il parroco a scuola nell'ora di religione ci ha detto che lui come prete ha accompagnato nella sua vita molti bambini al cimitero, che non tutti hanno la fortuna di vivere fino a diventare vecchi e che quindi ha fatto il funerale a almeno trenta bambini.

Ed è per questo motivo che non bisogna aspettare fino a diventare grandi per capire l'importanza delle cose e non rimanere troppo in bagno da soli.

h. 18.23

Essere grande vuole dire capire che tu hai una colpa.

Che hai fatto soffrire qualcuno.

Che è giusto tutto quello che non vuoi fare.

Ero solo in corridoio ad aspettare.

Quando i miei genitori sono usciti dalla stanzetta del dottore il mio cuore ha incominciato a battere forte.

Mia madre aveva un sorriso tremendo, gli occhi scuri.

Mio padre era tutto rosso.

Non mi guardavano.

Io non riuscivo a parlare.

Si sono fermati in corridoio.

L'uno contro l'altro.

Mio padre piangeva senza fare rumore.

Non c'era nulla da capire.

Saprai perché
Saprai perché
Quando sarai grande
Saprai perché

EDOARDO BENNATO

h. 18.24

Lei si chiama sempre Maria.
Non l'avevo mai vista.

È venuta da me mi ha regalato una castagna.
Mi ha detto questa è grossa.
Io guardavo la castagna, la soppesavo ero tutto serio, facevo finta di non essere mai stato cosí tanto interessato a una castagna normale trovata.

Io le ho detto sembra il mondo, ma è una castagna e quindi non c'è il mare ci sono i peletti, la buccia. Inoltre è molto piú piccola. Il mondo è grande e ha tutti i continenti.
Lei mi ha chiesto che classe facevo.
Io le ho detto la seconda media.
Lei mi ha guardato con aria di sufficienza mi ha detto che faceva la quinta ginnasio.
Io le ho risposto che le castagne migliori sono quelle grossissime, anche perché ero completamente imbarazzato non avevo mai saputo che c'era una scuola che si chiamava quinta ginnasio.

Maria aveva un sacchetto della spesa giallo, una tuta da ginnastica rossa e i capelli neri lunghissimi.

Sembrava Clio Goldsmith.

Clio Goldsmith era l'idolo della mia classe.
Aveva fatto un film che si intitola *La cicala*.
Io quel film non l'avevo visto però avrei voluto vederlo.
C'era Clio Goldsmith nuda su una spiaggia.
Tutti quanti a scuola ne parlavamo.
In ogni discussione c'era un momento in cui si apriva una parentesi si parlava di Clio Goldsmith.
Ogni volta che pensavo a lei mi sentivo cambiato.
Mi sentivo nervoso.
Mi sentivo felice.
Quest'anno non so se nessuno la ricorda piú.

Ho aperto il sacchetto e ho preso una castagna.
Gliel'ho data.
Era la piú grossa di tutte e mentre la castagna passava nella sua mano vedevo i suoi occhi che erano come quelli di una ragazza bellissima.
Lei mi ha detto che non parlava mai con i ragazzini.
Io le ho chiesto cosa voleva dire. Lei ha sorriso facendo gli occhi del gatto che inizia a giocare, e ti morsica. Non capivo se era arrabbiata con me o se si stava divertendo.
Se mi voleva prendere in giro, ma ero tutto emozionato.

C'era un telefilm che si chiamava *La pietra bianca*.
All'inizio si vedevano due mani di bambini un maschio e una femmina che si passavano la pietra.
Si vedevano solamente le mani e la pietra bianca.

Ogni volta per avere la pietra i due bambini dovevano fare qualcosa di incredibile, per dimostrare all'altro l'amore.

Per esempio una volta il bambino si doveva arrampicare di notte sul campanile e fare i baffi all'orologio per fare ridere la bambina. Tratteneva forte il respiro appena la piazza era deserta con il gesso bianco nella tasca dei pantaloni si arrampicava sul muro della chiesa e poi da lí lanciava un lazo e saliva fino alle campane e in punta di piedi faceva la bocca e gli occhi all'orologio.

Il giorno dopo tutto il paese si svegliava e il campanile aveva la faccia e quello era il segreto dell'amore che continuava.

Oramai già lo sai dai pirati
Cosa ti puoi aspettare
È proprio questo il tuo vantaggio
E non ci rinunciare

EDOARDO BENNATO

h. 18.25

Una sera mio padre è tornato molto prima del solito.

Io ero seduto sul divano guardavo la televisione.

Lui ha aperto la porta è rimasto lí senza entrare. È rimasto in silenzio. Un silenzio di quelli che buttano giú i campanili di tutte le chiese che ci sono sulla Terra piene di gente che prega spaventata.

Io facevo finta di ascoltare la televisione e aspettavo.

Aspettavo e sentivo dentro come un freddo immobile un muro di ghiaccio che cade sopra una città ghiacciato.

Allora mi sono alzato e ho guardato.

In quel momento mio papà mi è venuto incontro, ma non era vero che mi guardava come un padre.

Mio padre quella sera era me che rimanevo da solo a scappare in una montagna che non avevo mai conosciuto. Nella sala da pranzo di sera ci siamo abbracciati e mio padre ha incominciato a piangere stringendomi, e anche io piangevo, e mio padre mi faceva schifo perché era un bambino, lui piangeva come un bambino e io lo dovevo proteggere e lui mi proteggeva, sentivo le sue mani che mi stringevano come quando ero piú piccolo, da anni non mi abbracciava ma in quel momento era diverso, era un abbraccio come un pugno che scivola lontano, un pugno che non riesci a dare e tutte le distanze che continuano a finire.

Io sapevo cosa mi avrebbe voluto dire, mio padre quella sera le parole.

Dentro quelle parole c'era tutto quello che non ero riuscito a fare, parole soffocate in bocca dure. E tutto quello che avremmo potuto capire.

Papà, gli ho detto, e mentre parlavo sentivo risuonare dentro di me lui che diceva le stesse parole, o altre. Con i suoni come spilli che cadono sul pavimento a migliaia e si confondono nel suono di un bicchiere che cade, un tonfo lungo da morire.

E allora mio padre mi ha accarezzato la testa, con le mani che tremavano e non sapevano dove andare, come quando cammini in bilico su un ponte bendato e sai che quasi sicuramente non potrai non cadere e per questo senza respiro continui a camminare senza sapere, con orrore, di pensare che dal giorno in cui sei nato fino a quel momento che diventa piú grande di tutto la vita, come una bolla di sapone, sta iniziando a scomparire.

E ti aggrappi ai capelli, al rumore lontano della televisione, alla voce del presentatore dell'*Almanacco del giorno dopo* che diventa una casa dove abiti mentre fuori c'è la tempesta e tutto quello che non vuoi vedere, grande come un sole, che ti brucia le mani, dà fuoco ai pensieri.

Allora ti viene in mente la prima volta che sei stato allo stadio il colore delle ciabatte che avevi quando eri piú piccolo l'odore della colla delle figurine il sapore della Girella il senso di pace che hai provato la prima volta che hai ascoltato una canzone l'angoscia di un film dell'orrore il pomeriggio passato in casa quando aveva nevicato o l'espressione assurda del tuo compagno di banco o quando una sera abbiamo scoppiato i petardi fuori dalla chiesa la risata di tua cugina il senso di stordimento che ti prende all'inizio dell'estate quando tutto è piú lento quando di colpo capisci che tuo padre è stato anche lui un bambino capisci che tua madre sta per morire.

h. 18.26

Morire è come se un disco si incanta per sempre.

E piano piano diventa piú forte entra nelle case della città tutti smettono di fare le trenette smettono di aprire il solaio e insomma quello che stavano facendo paralizzati da un rumore che non cambia mai. È un rumore che sento la notte, certe volte.

Tutto rimane uguale.

Allora, tu sei morto.

Morire è sapere che le cose esistono, e restano appoggiate da qualche parte: un asciugacapelli, la borsa dell'acqua.

Io da piccolo avevo un libro.

Si chiamava *Dimmi perché*.

In copertina c'era la faccia di un bambino con gli occhiali da scienziato e dentro ogni pagina tre domande sulle cose varie spiegate ai bambini. Tutte le domande erano normali, tranne una. Diceva: Ma quando noi usciamo di casa le cose rimangono ferme? In basso, in blu, la risposta: Sí, le cose non si muovono se non c'è qualcuno che le sposta. A fianco, il disegno di un bambino che guardava dal buco della serratura, per vedere se il frigorifero restava fermo.

Quello, era la morte.

E allora osservi
Gli altri giocare
È un gioco strano
Devi imparare

EDOARDO BENNATO

h. 18.27

Mi guardava.

Io la guardavo e non c'era nessuno, gli ultimi che erano venuti a raccogliere castagne erano andati via. Il silenzio dopo che lei mi aveva detto che ero un ragazzino era diventato pesantissimo.

Ma mi piaceva guardarla.

Allora è stata lei la prima a parlare

Mi ha chiesto di che squadra ero, io le ho risposto che ero del Torino anche se non era vero, lo dicevo perché lei aveva la tuta da ginnastica rossa e quindi era del Torino o forse del Milan, che è rosso e nero, o del Lanerossi Vicenza, che è rosso e bianco, o del Varese, uguale.

Lei si è messa a ridere e mi ha detto che ero stupido a tenere una squadra, e che i suoi amici si occupavano d'altro.

Io ci sono rimasto malissimo e ho cercato, non so perché questo, di difendere questa cosa del tifo perché pensavo che comunque il calcio piace sia ai grandi che ai piccoli, e io avevo dodici anni e non ero né grande né piccolo e quindi il calcio andava bene.

Lei mi ha guardato come un fulmine che entra dentro.

h. 18.28

Quando avevo undici anni sono stato con mio padre in un posto dove c'erano le giostre. C'erano il calcio in culo le montagne russe le vaschette con i pesci rossi e una giostra antica, con i cavallini di legno impennati.

Era domenica pomeriggio tardi e non c'era nessuno.

Quella giostra era la piú bella che avessi mai visto ma capivo che non ci potevo salire perché avevo ormai undici anni.

Era come essere stati bocciati all'incontrario.

Se ti bocciano tutti vanno avanti ma tu non puoi, diventano grandi e tu no. Se invece a undici anni vedi una giostra per i piccoli e vuoi salirci non puoi, resti fermo e non puoi andare indietro. Mi vergognavo mi sono fatto coraggio ho detto a mio padre che volevo salire sulla giostra.

Mio padre non ha detto nulla mi ha dato i soldi e sono salito. La giostra ha incominciato a girare e io mi sentivo strano, vedevo solo me stesso che ero su quel cavallo e mi sentivo ridicolo sentivo che non ci potevo piú stare che dovevo andarmene per sempre.

Come quella volta la scorsa estate eravamo tutti nel cortile di un mio compagno di classe suo padre faceva il ferramenta aveva il naso grosso gridava di continuo parlava in un modo che non riuscivo a capire tutte le volte che lo vedevo mi veniva l'ansia e quella volta che ci ha visti giocare in cortile è venuto ci ha guardato con le braccia incrociate il naso rosso ci fissava bisbigliava delle cose contro di noi non riuscivamo piú a giocare e allora lui si è avvicinato ha detto che non dovevamo perdere tempo cosí che dovevamo andare a donne.

Allora io e il mio amico il figlio del ferramenta ci siamo guardati abbiamo detto di sí siamo usciti dal cortile continuavamo a dire andiamo a donne e eravamo come ubriachi spaventati tutte le strade ci sembravano grandissime e vuote di donne a cui dovevamo andare.

I grandi hanno dei segreti spaventosi nascosti sotto i giornali vecchi di automobilismo in camera da letto in cucina sopra il mobile dove pensano che tu non li puoi mai vedere dove ci sono tutte le cose che i grandi vogliono fare ogni volta che diventano strani e sbuffano nella stanza si chiudono a chiave come nei film di Lando Buzzanca fanno a gara per vedere le donne che si spogliano si trasformano urlano come dei lupi che non sono piú genitori ma sono delle persone agitate e io ormai uguale.

h. 18.29

Ogni parola della ragazza aveva un'eco che risuonava dentro di me stregato, mi sembrava di essere un gatto spaventato un cane che non abbaia perché ha paura di essere bastonato mi sembrava che non riuscivo piú a capire chi ero ogni sua parola mi trasformava in un animale diverso, mi sentivo colpevole perché le avevo detto che ero del Torino mi sentivo sempre piú piccolo una persona insignificante e volevo che lei rimanesse lí per sempre, volevo sparire per sempre.

Io quello che provavo era l'amore.

Erano le cinque e mezzo del pomeriggio e c'era un po' di luna un po' di sole nel cielo assieme.

h. 18.30

Una sera avevano fatto un programma in televisione dove dicevano che nella vita siamo tutti degli attori, il giorno dopo l'ho detto a mio cugino e mio cugino mi ha detto che era vero perché appena arriva qualcuno tu diventi strano, inizi a recitare e in questo modo anche l'altra persona si mette a recitare con te.

Una recita per esempio è il funerale, dove tutte le persone sono messe a essere tristi per due ore e mezzo, e devono camminare piano dietro alla bara, sedersi in chiesa, andare al cimitero.

Quando è morto mio nonno alla fine siamo andati tutti in cimitero.

Lo hanno messo dentro e tutti noi parenti ci siamo messi contro il muro del cimitero e tutte le persone venivano a stringerci la mano una dopo l'altra dicevano condoglianze.

Noi parenti dovevamo stare attenti a rispondere grazie di seguito ogni volta senza incespicare, e a tenere sempre la stessa faccia e io allora non so per quale motivo ho pensato a una storia di Tiramolla, Tiramolla nello spazio che muore, e dopo stringendo le mani ho pensato al funerale di Tiramolla dove tutte le persone sono fatte di cicca e piangono in modo elastico rimbalzando tra le tombe spaziali di cicca all'albicocca.

Cosí mi è venuto da ridere fortissimo anche se mio nonno era morto non riuscivo a pensare ad altro che a Tiramolla da morto.

E quindi a metà dello stringere le mani ho guardato in faccia mia madre e anche lei era tutta rossa stava per scoppiare a ridere perché lei nel meccanismo si era inceppata aveva risposto due o tre volte condoglianze invece di grazie e stava sbagliando recita il film del funerale ha delle regole.

h. 18.31

Quando due persone si sposano il prete recita sempre le stesse parole, e dice che a un certo punto il matrimonio, a causa della morte, è finito.

Anche quello dei miei genitori adesso, finisce, tra poco, è finito.

Molti genitori sbandano contro un palo e finiscono. Cosí anche i bambini.

Mia madre mi ha detto che finiva. Io la guardavo e sentivo che c'era e che era tutto ma dopo non ci sarebbe stata piú e io e mio padre avremmo guardato la televisione in silenzio tutte le sere come due morti che ascoltano quante altre persone sono morte quel giorno.

Mia madre mi ha preso in disparte mi ha detto che adesso dovevo essere uomo, che dovevo essere forte e io piangevo piano per non farmi sentire per essere davvero uomo.

Piú diventi grande, piú hai vergogna di piangere.

Quando vado in ospedale con mio padre io sfoglio i giornali di tennis sto in silenzio e anche mio padre mia madre.

Poi vado fuori dalla camera e da fuori li sento che piangono piano.

Quando stai per morire, non sai piú cosa dire.

Quando sarai grande
Allora saprai tutto

EDOARDO BENNATO

h. 18.32

Dentro di me nel cielo il sole e la luna combattevano per fare il pomeriggio infinito che fuori dal suo sorriso occupava tutto lo spazio rimasto attorno a me che non la conoscevo ancora e l'aria tremava dentro, tutti gli alberi erano persone che ci spiavano, erano miei complici guardando la ragazza che mi guardava come un Ufo disceso sulla terra a vederla e volevo piangere anche se avevo dodici anni perché non capivo quello che mi succedeva respirando ogni volta diversamente come tante note musicali il mio respiro voleva uscire dagli stereo di tutto il mondo che diventava piccolissimo! Scomparivano i mari la terra il mondo era un puntino c'era tutta la paura che quell'attimo finiva e dovevo tornare a scuola a sentire sbattere nel nulla la porta della classe nella galassia vuota sospesa a chiedermi cosa ci facevo io lí.

h. 18.33

E il rumore lontano del luna park la musica che veniva dagli autoscontri scoppiava da tutte le parti si nascondeva tra gli alberi sulle foglie voleva restare a vedere ora che finiva la sera gli incendi di luce piccoli che negli occhi di Maria incominciavano.

h. 18.34

Lei era come una ragazza di un futuro che arriva tutto subito, e il futuro era un posto dove nessuno ha paura di quello che deve succedere tra due secondi, domani, lunedí martedí mercoledí giovedí venerdí sabato domenica e poi di nuovo.

Il futuro erano i giorni neri che si coloravano di luce da un tubetto di luce coloratissima, dove tutti giocano senza mai stancarsi di avere tutto il passato da cancellare, una festa che incomincia a non finire.

h. 18.35

Io indietreggiavo leggermente, sentivo il mio cuore battere fortissimo cancellare la paura che mi veniva ogni volta che dovevo fare i compiti ogni volta che dovevo parlare con qualcuno ogni volta che dovevo.

L'aria che c'era non era diversa dagli occhi di Maria.

h. 18.36

Lei rimaneva ferma, sapeva che in quell'istante ogni cosa stava cambiando e quello io ho pensato era l'amore.

Un finale che non ti aspetti e arriva a dirti che non c'è nessun finale per sempre.

L'aria era buona da respirare.
Era come quando mia madre da piccolo mi abbracciava e respiravo sentivo l'odore della sua pelle era la mia casa con dei baci.

h. 18.37

Io mi sentivo addosso tantissimi secoli leggeri. Era come se vivevo da millenni. Era come se le mie cellule mi raccontavano delle cose.
Forse, non capivo piú nulla.

Se capisci, c'è poco.
Per questo io non voglio piú andare a scuola.
Perché a scuola, devi solo capire.

h. 18.38

Oggi è il 12 luglio 1985 io compio tredici anni. Fuori dalla finestra vedo le cose che ci sono, e sono quelle mentre da bambino io so che il camino di una casa qua di fronte pensavo che era un uomo che gridava, e un giorno ho chiesto a mia madre se davanti a casa nostra c'era sul tetto un uomo che gridava e lei mi ha risposto che no, gli uomini non vanno su una casa a gridare mentre io sapevo che non era vero perché avevo letto su *Selezione dal Reader's Digest* che un famoso presentatore diventando pazzo ogni tanto andava sul tetto a gridare e che nel mondo la maggior parte delle cose che succedono non sono normali perché uno normale in televisione non lo farebbero vedere mai.

Una cosa dei grandi è che non possono ridere molto, a parte qualche volta quando vince l'Italia, sorridono.

A diciotto anni devi essere serio perché se guidi la macchina e c'è un palo se stai ridendo come un pazzo come minimo vai contro un palo. Oppure se hai un figlio non puoi andare fuori a suonare i campanelli perché mentre scappi per non farti prendere se hai un figlio di due mesi in mano cadi il proprietario del campanello vi prende.

Io mi immagino i miei genitori quando erano piú piccoli erano meno seri, per esempio si raccontavano le barzellette.

Una barzelletta che io so è quella del fantasma formaggino.

Ci sono un italiano, un tedesco e un francese che vanno in un albergo a dormire.

L'uomo dell'albergo gli dice tutto tranquillo però attenzione a mezzanotte arriva il fantasma formaggino.

Ecco a questo punto uno grande non gli interessa piú la barzelletta perché dice che il fantasma formaggino non esiste. Mentre invece a mezzanotte arriva il fantasma formaggino va nella stanza del francese e dice uh, sono il fantasma formaggino e il francese si nasconde sotto il letto, e uguale a mezzanotte il fantasma formaggino va dal tedesco e gli dice uh, sono il fantasma formaggino e il tedesco si butta dal balcone mentre a mezzanotte quando il fantasma formaggino va dall'italiano l'italiano gli dice e io ti spalmo sul panino!

Oppure una nonna ha un nipote il giorno del suo compleanno gli dice tu compi sei anni ti regalo una pallina gialla e il nipote le chiede perché una pallina gialla lei gli dice l'anno prossimo te lo dico e l'anno dopo il giorno che il nipote compie sette anni la nonna lo chiama gli dice ti faccio un regalo ti dò una pallina gialla e il bambino le chiede ancora perché e la nonna gli dice l'anno prossimo vedrai mentre l'anno dopo al compleanno del bambino che ha otto anni la nonna gli regala la stessa pallina gialla gli promette che l'anno prossimo gli dirà il motivo del regalo e cosí il bambino compie nove anni e la nonna gli dà la solita pallina gialla gli dice vedrai a undici anni te lo dirò mentre a undici anni la nonna lo chiama gli dà una pallina gialla e gli dice te lo dirò a dodici e a dodici si ripete la stessa scena stessa pallina e stessa promessa che l'anno prossimo il bambino saprà tutto ma l'anno dopo la nonna è molto malata ci sono tutti i parenti al suo capezzale e il giorno del compleanno del nipote la nonna sta malissimo sta quasi morendo chiama il nipote gli dice vieni qui nipotino mio la nonna ti vuole regalare una pallina gialla ti vuole sentire per l'ultima volta e il nipote le dice sí nonna però ti prego spiegami questa cosa delle palline che ormai da quando avevo sei anni sto accumulando e la nonna gli dice hai ragione tesoro mio vedi quelle palline gli dice con la voce tutta tremolante quelle palline servono per e muore.

Un'altra barzelletta è c'è un uomo va per la strada incontra una ragazza le dice ciao. Questa è quella che mi piace di piú. È una barzelletta al contrario la barzelletta consiste nella faccia che fa chi la ascolta aspetta che va avanti aspetta che succeda qualcosa invece non va avanti non succede nulla, me l'ha raccontata Mauro il fratello di un mio amico che è stato il primo dei miei amici a sposarsi e quello era strano una specie di tradimento per noi tutti lui era il capo della squadra di pallacanestro dell'oratorio del paese aveva dieci anni piú di noi ed è come se fosse passato dall'altra parte a sentire noi che suonavamo ai suoi campanelli la sera mentre mangiava la minestrina con sua moglie arrabbiato per il campanello che suonava, di noi che scappavamo.

> Oramai già lo sai dai pirati
> Cosa ti puoi aspettare
> È proprio questo il tuo vantaggio
> E non ci rinunciare
>
> EDOARDO BENNATO

h. 18.39

Io mi chiamo Maria, mi ha detto in un modo che sentivo tutte le lettere battere dentro di me e le ho detto

M come mare,
A come aria,
R come rockcoccodrillo,
I come isola e
A come Andenna, il presentatore della trasmissione a premi *La bustarella* e mi sono vergognato perché in pratica tartagliavo.

Rockcoccoché, mi ha chiesto.

Rockcoccodrillo, le ho detto, come la canzone di Bennato all'improvviso arriva un coccodrillo che comanda il tempo.

Un coccodrillo che comanda il tempo, ha ripetuto Maria ridendo.

h. 18.40

Io quando ero piccolo nel mio paese tutti speravamo di diventare Bennato.

La prima volta che ho visto Bennato era una

trasmissione della sera aspettavo che arrivassero i miei mia zia stava facendo da mangiare improvvisamente in televisione è arrivato un esaurito con la chitarra gli occhiali scuri i capelli da matto una specie di batteria sulla schiena si è messo a suonare e io ero tutto entusiasta, mi sembrava davvero uno sballato e cantava una storia dove diceva che tutti stavano costruendo una torre di Babele e che stava diventando tutto un casino tutta una torre di Babele, strimpellava la chitarra come un dio.

Quando avevo otto anni ha fatto *Il gatto e la volpe* e tutti la cantavamo.

Nel disco c'era Bennato vestito da impiegato in mezzo a una grande fabbrica dove lavorava seduto a una scrivania e guardava fuori dal disco aveva una faccia che sembrava un bambino che voleva scappare dall'asilo sfuggendo alla custodia delle suore dei padroni della sua ditta.

Io, non avrei mai voluto finire in una ditta.

Poi c'erano le foto di Bennato con la Fata, Bennato con il Grillo parlante, Bennato seduto per terra con la chitarra, Bennato con i gendarmi, Bennato con Mangiafuoco, Bennato con i musicisti e Bennato da solo.

A Carnevale avevamo fatto i carri tirati dai trattori c'era il carro del governo con Andreotti e un altro vestiti da Banda Bassotti con un cilindro alla Paperon De' Paperoni da dove tiravano fuori i soldi finti li buttavano sulla gente e c'erano tutti i bambini vestiti da gatti e da volpi e la musica forte quanta fretta ma dove corri dove vai che fortuna che hai avuto a incontrare noi è una ditta specializzata fai il contratto e vedrai che non ti pentirai.

Un giorno sono andato in casa del mio amico Andrea lui era chiuso in camera con il mangiacassette al massimo sua mamma mi ha aperto la porta si è portata il dito sulle labbra mi ha detto di fare piano mi ha fatto cenno di seguirla siamo andati in corridoio e ha aperto lentamente la porta della stanza di Andrea, Andrea era lí con gli occhiali da sole grandi di sua mamma suonava la scopa in mezzo alla stanza, faceva Bennato.

Anch'io invece prendevo la lacca di mia madre come microfono e mi mettevo vicino alla finestra, cantavo Bennato.

Un giorno mio padre mi ha visto o meglio ho aperto gli occhi agitavo la lacca con la mano gridavo lui è il gatto ed io la volpe siamo in società di noi ti puoi fidar non vedi che è un vero affare non perdere l'occasione che poi te ne pentirai non capita tutti i giorni di avere due consulenti due impresari che si fanno in quattro per te da da da da da dà e ho visto che lui mio padre era lí che mi guardava io non lo so da quanto e ha pensato che ero felice lui è diventato tutto rosso mi guardava pieno di disprezzo mi ha strappato la lacca dalle mani se n'è andato come un coccodrillo che aspetta di attaccare che disprezza Bennato che se ci avesse pensato non avrebbe voluto farmi nascere mai.

h. 18.41

Un coccodrillo che comanda il tempo, continuava a ripetere Maria. Faceva roteare il sacchetto con le castagne.

Sí perché il tempo, le ho detto, è come un coccodrillo che mangia le persone appena diventano grandi.

Lei mi ha detto che dicevo un sacco di stupidaggini e che il coccodrillo mangia solo i bambini che non vogliono diventare grandi.

Io le ho risposto che i grandi sono dei bambini andati a male.

Lei ha detto che ero un moccioso.

Io le ho detto che moccioso era un ciclista che avevo conosciuto un tipo che avevo visto in un negozio aveva lasciato la bicicletta fuori era entrato con un panino in mano e mentre parlava con il proprietario del negozio gli colava della roba dal naso sul panino e lui non se ne accorgeva ma aveva il panino pieno di moccio.

Lei si è messa a ridere io le guardavo i denti bianchi la faccia che sembrava quella di Clio Goldsmith.

Io sentivo che esiste. Un'energia.

Che le cose stavano cambiando eravamo come dentro un cerchio magico piccolo un incantesimo che ci faceva sentire vicini preziosissimo e facile da rompere da sciogliere per sempre in quel momento perfetto non sapevo che sarebbe accaduto io non

h. 18.42

Mia madre sta morendo, le ho detto a bruciapelo.

Non so perché l'ho fatto.

Non ne avevo parlato con nessuno.

Una voce mi esplodeva dentro.

Lei si avvicinava a me piano.

I suoi occhi erano grandi in quel momento non capivo le parole che avevo detto, erano lontane, assieme a tutte quelle che avrei detto poi.

A quelle che non ho detto mai.

Erano sospese.

Mi ha preso le mani.

Mi ha guardato.

È stato un secondo.

È stato come se scivolavo indietro completamente.

In un tempo che avevo perduto.

Io sentivo il rumore del mare in collina, il rumore del sangue alle orecchie il mio corpo che c'era e le giostre, le case.

Era una pace.

Allora mi sentivo come mio padre quella sera che mi aveva abbracciato e non avevamo parlato.

Come se tutto il mondo si scioglieva.

Allora non c'era niente da dire.

Io sentivo il battito del cuore di Maria nelle sue mani che mi stringevano.

La sua pelle teneva fermi i minuti, gli anni che devono arrivare. Io non sapevo piú chi ero. Io non sapevo piú chi era, c'era il rumore del mare per davvero che diventava piú forte e era il rumore del mio cuore che premeva contro di lei mentre l'abbracciavo ero piccolo ero un puntino che torna indietro che ritorna sempre piú piccolo mentre il rumore del mare è sempre piú grande abbracciava tutto i gabbiani si tuffavano dagli scogli nelle onde il silenzio cresceva dentro l'acqua le spugne di milioni di anni fa di silenzi senza fine e attorno il rumore dei pianeti delle stelle piangevo sentivo dentro di me crescere il senso di tutto questo lontano dove non ero mai stato e il silenzio, del sangue.

Terza cosa
Primo bacio, 1987

12

Io delle volte sentivo che Silvia era cosí sola che il suo silenzio era piú forte del baccano della classe. La classe finiva sullo sfondo, e il silenzio usciva dai nostri pensieri, si divorava tutto.

Quel silenzio lo conoscevo bene, perché della scuola era l'unica cosa vera, anche se non ero mai riuscito a prenderci confidenza, e faceva male.

La classe eravamo noi sospesi per aria, dei silenziosi palloncini idioti.

Il voto decideva se potevi stare a mezz'aria, salire, cadere.

Dal quattro al cinque, cadevi.

Cinque e mezzo, cadevi.

Tu facevi i calcoli dal quattro al cinque storia, dal cinque al sei matematica è uguale a precipitare.

Otto volavi diritto.

Schiantarsi con violenza a terra era quattro meno.

Lo schianto, faceva rumore.

Allora precipitando al suolo sentivi il rumore di tutti gli anni che stanno per arrivare, il finire in una ditta.

È questo che ti succede, la notte, quando hai

quindici anni e non riesci a dormire. Senti rimbombare i mesi, i giorni e, piú dentro, le ore. Ti immergi sei un sommozzatore in un oceano di cose che devono accadere.

È come a diciotto anni sei a scuola guida con la macchina che non riesce a partire, tu schiacci la frizione l'acceleratore e il motore fa un suono strano, ti ripete che, adesso, non è il momento di partire. Se lo ascolti, ti rimanda un suono bassissimo e regolare, quello del cuore, come un continuo dovere.

Io avevo visto il rumore del cuore all'ospedale, quando mio nonno era stato ricoverato c'era lui nel letto e a fianco una specie di televisore con il rumore del cuore di mio nonno, era un puntino che si muoveva disegnando delle montagne, come le facevo alle elementari.

Mio nonno era la persona a cui volevo piú bene.

Mi faceva ridere si inventava delle storie assurde dei problemi di matematica impossibili come per esempio quanto pesano mezza mosca arrosto piú una suora con il mal di orecchie meno un treno rotto e cose di questo genere.

Quando avevo bisogno di parlare con qualcuno mi confidavo con lui, che mi guardava non diceva nulla ma capivo che mi capiva.

Quando è morto, ero lí seduto.

Lui aveva tutti i tubi respirava male.

A un certo punto sulla televisione le montagne sono sparite, il puntino andava dritto faceva delle linee normali.

Si è accesa una lampadina rossa e mio nonno aveva la stessa faccia immobile di prima, ma era morto, lo capivi dalla lampadina, dal rumore del cuore che era diventato un fischio fastidioso e sempre uguale.

Allora sono arrivate le infermiere hanno detto non c'è nulla da fare.

Dopo qualche minuto hanno spento il televisore.

Il televisore, spegnendosi, ha risucchiato tutta la luce in un unico punto, che poi è sparito, e tutto lo schermo è diventato nero e immobile.

Io guardavo il televisore, speravo che si riaccendesse da solo, con le montagne e tutto il resto, con il rumore del cuore di mio nonno e la morte che era stata solo una specie di paragone tra lo schermo acceso e lo schermo spento all'ospedale.

Uscendo, c'era questo senso insopportabile di vuoto che era il pensiero di tutti i posti in cui mio nonno era stato o poteva andare, anche il tavolo dove mangiava, in fondo vicino alla tele, senza di lui.

Per anni, mio nonno ha lasciato cosí com'era il suo mobiletto, in bagno, come un piccolo museo, pieno di cose che non sarebbero mai piú state prese, e neppure guardate, da nessuno.

Per esempio la brillantina Linetti. Io la settimana dopo che era morto mio nonno mi portavo all'orecchio la sua bottiglietta di brillantina Linetti come si fa con le conchiglie era un gioco stupido per provare a sentire il suo rumore del cuore nel vuoto che avevo dentro crescendo durante le elementari le medie e poi gli anni del liceo classico a Varese precipitosamente arrivati lí.

> Il tempo passa per tutti lo sai
> Nessuno indietro non riporterà
> Neppure noi
>
> MAX PEZZALI

Gli anni d'oro del grande Real
Gli anni di *Happy Days* e di Ralph Malph
Gli anni delle immense compagnie
Gli anni in motorino sempre in due
Gli anni di che belli erano i film
Gli anni dei Roy Rogers come jeans
Gli anni di qualsiasi cosa fai
Gli anni del tranquillo siam qui noi

MAX PEZZALI

II

Alle otto meno dieci si abbassava il ponte del liceo ginnasio e si muovevano gli eserciti accampati nel piazzale dentro i corridoi entravano gli opposti schieramenti sotto l'occhio vigile del bidello pugliese tra le grida wild boys, wild boys!

Io sono arrivato il primo giorno fuori dalla scuola superiore c'era questo spettacolo ho visto ciellini paninari fascisti comunisti dark, tutti assieme ricompattati dal suono della campana dal rumore dei registri blu chiaro alle otto e dieci del mattino nelle classi chiuse a metà degli anni Ottanta per imparare l'aoristo l'ottativo mi sentivo un'isola che sfiorava le altre, e c'erano tutti contro tutti.

C'erano i ciellini in maglioncino slavato a collo alto.

Nell'intervallo si ritrovavano per pregare con il rosario in mano correvano dappertutto con i giubbotti gialli da oratorio ti fermavano sulle scale per dirti che anche tu avevi un posto tra loro continuavano a dirtelo.

I ciellini ti aspettavano alla fine delle lezioni per

darti dei libri per dirti che gli U2 erano cattolici come tutti gli altri gruppi rock lo erano a parte quelli satanici che sbagliavano e per farti capire la felicità ti offrivano ripetizioni gratuite con preghiera finale facevano il raggio, un concerto dove al posto della rockstar c'era un prete con gli occhiali scuri che parlava ansimando del loro idolo, don Giussani.

Io una volta ho ceduto all'inizio volevo vedere tutto capire sono andato con i ciellini a un raggio. I ciellini cantavano ridevano sempre e anch'io per non esprimere il disagio che avevo dentro per non farmi convertire in continuazione per non diventare ciellino fingevo di essere felice alla fine sono andato a casa mi sono bevuto mezza bottiglia di whisky ho continuato a dirmi io cosí non voglio essere felice mai.

C'erano le legioni compatte dei fascisti, chiuse diffidenti aggressive e costantemente alla larga dalle poche milizie di sinistra con i quali si scontravano nelle manifestazioni arrivavano con i loro giubbotti neri i pantaloni neri le ragazze con i bomber facevano il saluto romano ti insultavano dicendoti partigiano o ancora peggio per loro ebreo.

Il loro idolo era uno di ventidue anni che si chiamava Gianni aveva rotto una vetrina con la testa per prendersi un paio di jeans. Il loro grido di battaglia era boia chi molla e anche noi siamo lo stupendo vivere in un mondo di morti.

I fascisti si ritrovavano nella sede del Fronte della gioventú dove c'erano i vecchi militanti del Movimento sociale, organizzavano i cori per le partite del Varese, lo spaccio di eroina.

C'erano i paninari algidi e astratti nei Moncler arancioni e gialli erano coccolati dal tempo lo rappresentavano muovendosi con passo felpato dalla moto al bar con ridondanza di Timberland e le ragazze con camicie Naj Oleari e borse tracolla Mandarina Duck.

Io una volta stavo parlando con una paninara, si chiamava Giusi aveva i capelli biondi il fiocco rosso da barbie. A un certo punto il suo volto è cambiato ho sentito freddo lei è indietreggiata in silenzio io le ho chiesto cosa aveva lei mi ha detto io no non parlo con uno che ha le scarpe da diecimila lire è andata via io ero appoggiato alla macchinetta del caffè vuota sono rimasto lí a guardarmi le scarpe da tennis.

C'erano i dark i new romantic vestiti di bianco truccati pesantemente si sedevano in gruppetti isolati sulle scale della scuola si scambiavano frasi di Jan Curtis scritte a pennarello sulle pagine del diario, quasi tutti dicevano che non si interessavano di politica a seconda delle circostanze si definivano anarchici di destra di sinistra.

C'erano i metallari con le borchie le catene i capelli arruffati lunghissimi i tatuaggi la moto con gli adesivi dei Black Sabbath.

C'erano i gruppetti dei comunisti specialmente studenti dell'ultimo anno anche loro e diversamente lontani come arrivassero da un altro mondo, avevano un linguaggio che non capivo una stanchezza che li rendeva vecchi e sconfitti.

Io mi ricordo questa frase in verde fuori dall'aula di inglese c'era scritto «L'amore ci dividerà di nuovo».

C'era Silvia al secondo banco non era né ciellina né paninara né fascista né comunista né dark né new romantic.

Silvia, aveva gli occhi neri.

Io, non ero mai uscito con una ragazza.

10

Silvia era la ragazza piú bella del mondo e della mia scuola o almeno della classe e senza dubbio la cosa piú bella che riuscivo a guardare durante il compito in classe di greco per come la professoressa aveva disposto i banchi cercando di annullare qualunque strategia avessimo progettato per copiare. Anche se noi riuscivamo a eludere i suoi stratagemmi ci passavamo sotto i suoi occhi le penne con dentro la versione scritta in piccolo a matita a punta fine io aspettavo che mi arrivasse la penna guardavo Silvia.

Silvia aveva gli occhi scuri come quando d'estate il cielo improvvisamente diventa nero, per un attimo piove fortissimo guardi fuori dalla finestra il pomeriggio che diventa notte. Allora è cosí bello che hai quasi paura, e non riesci a guardare i tetti delle case vicino a casa tua che spariscono nel buio che scroscia giú in strada. Come gli occhi di Silvia quando arriva in classe mette la cartella vicino alla sedia io la vedo che guarda.

Silvia mentre il professore di religione spiegava la potenza dello Spirito Santo faceva delle Big

Babol esagerate come la sorella di Loretta Goggi nella pubblicità nell'ultima pagina di Alan Ford le faceva scoppiare il professore strabuzzava gli occhi e continuava a parlare della Pentecoste.

Silvia aveva il sorriso come le strade del mio paese una domenica che ero felice avevo ascoltato Battiato tutto il giorno e prima di andare in pizzeria con i miei genitori continuavo a correre le strade la piazza erano grandi come non le avevo mai viste e volevo continuare a correre come un pazzo e addio pizzeria addio tutto, sto qui adesso sto qui.

Silvia era l'unica che come me veniva dalla provincia e che quindi al mattino presto iniziava il suo viaggio verso la cultura la disperazione assoluta ascoltando sul pullman alla radio *Bandiera bianca* di Battiato *Der Kommissar* di Falco *Vamos a la Playa* dei fratelli Righeira *Felicità* di Romina Power e Al Bano.

Silvia era al penultimo banco da sola si era portata da casa una vaschetta d'acqua con dentro le scimmie di mare diceva che aspettava di vederle crescere. Le scimmie di mare erano dei sacchetti che vendevano su Diabolik insieme alle creme per crescere del dottor Alto gli occhiali a raggi X per vedere attraverso i muri c'era la vignetta delle uova di scimmia di mare con tanti ometti che nuotavano nell'acquario sorridenti con la testa a forma di pesce le braccia pelose. Quando i professori scendevano in fondo alla classe le chiedevano perché aveva una boccia d'acqua vuota lei diceva tra poco nascono le scimmie di mare.

Silvia si metteva i vestiti attillati della Upim faceva le spedizioni con altre due compagne di classe all'Uba Uba prendevano quattro o cinque vestiti andavano in camerino a provarli e uscivano riportando tutti i vestiti a posto tranne uno che indossavano sotto rubato.

Silvia quando la professoressa di latino ci diceva ragazzi dimenticate tutto quello che vi ho detto oggi perché è tutto sbagliato rideva in un modo che chiamavo arancione perché mi faceva venire voglia di ridere anch'io come una volta che da bambino avevamo schizzato il postino per strada con la spremuta d'arancia messa dentro le siringhe e correvamo veloci per scappare.

Silvia cambiava espressione all'improvviso dalla gioia assoluta si faceva seria misteriosa calavano le tenebre ti lasciava solo a meditare sui segreti della sua vita con l'immagine della maglietta aderente da guardare azzurra.

Silvia veniva a scuola con le parole crociate diceva ad alta voce ha dipinto la cappella dell'Ammannati o ha scritto lo *Spaccanapoli* nei momenti in cui la classe era un'astronave di paura prima che iniziasse l'interrogazione di matematica quando tutti cercavano di cogliere l'attimo giusto per chiedere di andare in bagno quando l'intenzione dell'interrogazione non era stata ancora espressa dalla professoressa che rimuginava guardando stranita per aria assaporando la strage imminente e c'era speranza di uscire in tempo.

Silvia ti raccontava con foga libri che non aveva mai letto per esempio una volta ha spiegato per mezz'ora *L'uomo senza qualità* di Musil diceva che era la storia di un impiegato che aveva vinto al totocalcio e era andato a divertirsi su un'isola del Pacifico dove era stato sedotto da una poco di buono per farsi sposare e ereditare tutti i suoi soldi, e per questo i suoi amici quando è tornato a casa sua in Francia lo chiamavano l'uomo senza qualità.

Silvia diceva che se avesse conosciuto Leopardi lei avrebbe saputo come renderlo meno infelice gli avrebbe raccontato un sacco di storie divertenti ma fermandosi a un punto almeno lasciandogli la depressione necessaria per scrivere *L'infinito*.

Silvia sbagliava spesso i congiuntivi a dire il vero diceva se avrebbe conosciuto Leopardi lei avrebbe saputo come renderlo felice gli avrebbe raccontato un sacco di storie divertenti.

Silvia ogni volta che raccontava una storia avevo voglia di costruirle una capanna con il manuale delle capanne che mi avevano regalato da bambino e non avevo mai letto e mi sarebbe piaciuto fargliene quattro o cinque abitare con lei per un po' di pomeriggi in quella che le piaceva di piú per ascoltarla tutto il pomeriggio per ridere per scherzare.

Silvia ogni tanto ci guardavamo c'erano degli sguardi che mi toglievano il fiato dovevo far finta di guardare l'orario della settimana sul diario.

Silvia un giorno stavamo parlando di televisione lei mi ha detto che le piacevano molto i film di fantascienza io le ho detto che stava per uscire adesso un film con David Bowie che era il principe degli gnomi lei mi ha detto se era tipo *La storia infinita* io le ho detto di sí piú o meno mi sembrava di sí e inoltre c'era David Bowie che camminava sulle pareti dei muri all'incontrario.

Silvia ha detto che non era un film di fantascienza e mi ha chiesto se un giorno mi sarebbe piaciuto andare a vederlo con lei e io sono diventato tutto rosso le ho detto eh mancano almeno quindici giorni prima che esca.

Silvia ha detto tra quindici giorni, allora, andiamo, al primo spettacolo.

9

Allora per quindici giorni sinceramente ho aspettato che Silvia mi dicesse qualcosa in classe e il pomeriggio tornavo a casa mangiavo un panino passeggiavo avanti e indietro davanti alla televisione guardavo il telefono la tele. Alla tele c'era Frizzi che facева un gioco con delle scatole piene di cose strane, a seconda delle risposte sceglievi delle scatole differenti sommavi tra loro i contenuti delle scatole.

Poi giravo canale, aspettavo alle sette iniziava *Happy Days* studiavo un poco aspettavo che squillasse il telefono guardavo l'orologio che mi faceva vedere le ore i minuti che passavano mentre lo guardavo come uno specchio che tradiva la mia attesa che me la ributtava in faccia crudele.

Una sera era martedí alle sette e venti c'erano Ralph Malph e Ricky Cunningham che si arrampicavano sul muro l'ultimo giorno di scuola cercavano di entrare di nascosto negli spogliatoi delle ragazze pon pon.

Quella sera, ha squillato il telefono.

Io ho alzato la cornetta ho trattenuto il fiato speravo fosse lei con tutto me stesso e un po' avevo paura.

Era lei.

Mi ha detto ciao avevo voglia di parlare un po' con te perché mi sento sola, anzi avevo semplicemente voglia di parlare e

Io avevo le fibrillazioni ho iniziato a parlare a fiume le ho chiesto cosa ne pensava di *Happy Days* chi era secondo lei il piú simpatico.

Lei ha aspettato un po' mi ha risposto che una volta aveva riso molto perché Fonzie era in mezzo a una foresta di notte e c'era il frastuono fortissimo dei grilli degli animali della foresta. Allora Fonzie aveva detto a voce alta silenzio e subito nella foresta era calato il silenzio assoluto.

Io sentivo ruotare il suono delle sillabe di «frastuo-no» nelle orecchie, era la prima volta che Silvia mi telefonava e le sue parole mi emozionavano sentivo distintamente i suoni a uno a uno improvvisi rimbombavano per esempio tra «fra» e «stuo» c'era un attimo di sospensione una stradina piena di domande come un'interrogazione stranissima cancellata dal «no» che arrivava zoppicando dopo e alla fine lo scoppio di «fortissimo» come un'automobile che arriva a prenderti frena di botto e continua a suonare il clacson giú in strada perché cosí tu scendi e vai al cinema con Silvia.

Allora mi sono accorto che ero zitto da diversi secondi senza dire piú niente perché il suono delle sue parole mi aveva sommerso nella casa vuota c'era tutto questo rimbalzare colorato di vocali e consonanti di Silvia come nella pubblicità degli Smarties tantissimi anni prima ogni lettera aveva un colore differente saltava in un mondo rosso giallo e verde e marrone.

Le parole di Silvia ridevano improvvise, io tenevo forte la cornetta sentivo il suo respiro sentivo la voce di Ricky Cunningham lontana e c'erano imbarazzo e tensione che uscivano fuori a tonnellate dalla cornetta. Io immaginavo Silvia in una stanza tutta rossa con la luce dei lampioni gialla che entrava dalla finestra in una strana estate triste a casa sua dove abitava in un paese che non mi ricordavo.

Io non sapevo piú cosa dirle le ho chiesto se le piacevano gli Smarties lei mi ha detto che non sapeva che cos'erano io le ho detto che non poteva non conoscere gli Smarties, tutti mangiano gli Smarties ma mi sono subito pentito mi sono corretto ho detto che in effetti ci sono molte persone che conoscono svariati tipi di dolci e caramelle tra cui non gli Smarties che comunque erano dei seguenti colori:

1) verdi, come uno che rimane al verde, o anche i prati;

2) gialli, come Titti, la Lemonsoda e i semafori quando diventano gialli;

3) marroni, come la terra e la cosa che avevano al posto del cervello la professoressa di greco e quella di matematica;

4) viola, come le viole; e

5) rosse, come e mi sono inceppato non riuscivo a andare avanti perché non potevo dire quello

che avevo pensato di dire non ci riuscivo, non volevo, stavo zitto.

Come i semafori quando sono rossi, ha concluso lei per fortuna.

Io a questo punto non riuscivo piú a fermarmi ero concitato sembravo un rappresentante degli Smarties le ho spiegato che esistono degli Smarties color bronzo avvelenati, li avevano ritirati tutti dal commercio, e prima che Silvia potesse dire qualunque cosa ho continuato le ho raccontato che avevano inventato anche un'altra cosa e cioè che per sbadataggine in alcune confezioni non erano riusciti a controllare se c'erano gli Smarties color bronzo cosí non li avevano ritirati e avevano fatto un concorso che chi riusciva a consegnare due Smarties color bronzo in America dove c'era la fabbrica vinceva un'automobile e cosí di questo passo cercavo di non smettere di parlare per non farle sentire l'emozione che avevo smisurata.

Lei allora mi ha interrotto mi ha detto è uscito, *Labirynth*.

Che doveva andare a vederlo con una sua amica ma preferiva vederlo con me perché ne avevamo già parlato.

Io ero in confusione totale ho temporeggiato ero felice le ho detto che un giorno gli Smarties abitavano in un mondo incredibile fuori dalla galassia che non mi ricordavo una galassia di dolci dove c'erano anche il pianeta della Nutella e altri posti cosí e che in quel pianeta ogni Smarties aveva il suo lavoro era un mondo interamente fatto di Smarties che poi alla fine sono dei piccoli ometti di cioccolato fuori essere umano dentro, mentre parlavo vedevo Silvia e vedevo gli Smarties, dei pupazzi simili a Barbapapà ma schiacciati e rotondi insomma degli Smarties che sono diventati vivi, e vanno in giro.

Gli abitanti del pianeta Smarties erano felici andavano avanti e indietro per il pianeta Smarties fino a che un'astronave dalla terra era atterrata nel centro della loro capitale li aveva catturati tutti li aveva messi dentro le bustine degli Smarties che ci sono nei bar li avevano mischiati assieme per venderli alle persone per farle diventare allegre, dicevo, ero preso da una euforia sempre piú forte non capivo cosa mi stava succedendo continuavo a parlare fino a che non ho smesso ho trattenuto il respiro fortissimo le ho detto sí, domani pomeriggio, ti va?

Uhmmm, domani pomeriggio mi ha risposto mi va bene.

8

Mi sentivo in apnea.

Ho preso la calcolatrice.

Ho dimenticato gli Smarties le sciocchezze che avevo detto ho cercato di calmarmi.

Se andavamo al primo spettacolo ci voleva ancora quasi un giorno, che voleva dire diciotto ore milleottanta minuti sessantaquattromilaottocento secondi.

Era il conto alla rovescia piú lungo che avessi mai visto.

Sono uscito di casa a camminare.

Camminavo velocissimo, ogni due minuti guardavo l'orologio e vedevo che esattamente come mi aspettavo il tempo era lentissimo.

Arrivato nella piazza del mio paese mancavano millesessantacinque minuti, millesessantaquattro minuti.

Pensavo che avevo fatto male a raccontare a Silvia tutte le storie degli Smarties. Io quando mi avevano raccontato degli Smarties color bronzo mi ero divertito tantissimo, avrei voluto passare pomeriggi interi a sentire parlare di Smarties e cosí.

Ma forse a lei non piacevano, non li conosceva neanche.

Ho deciso di proseguire fino al bar.

Nel bar c'erano tre vecchietti che giocavano a scopa. Era tutto pieno di fumo e c'era odore di prosciutto andato a male. Il padrone del bar aveva un dente d'oro. Ogni volta che entrava qualcuno lui salutava sorridendo il dente brillava. Fin da quando ero piccolo lo chiamavano dente meccanico.

Io una notte avevo sognato che dente meccanico era un essere mandato da un altro pianeta per controllare le emozioni dei suoi clienti, perché tutte le volte che entravo nel bar lo vedevo e non sapevo come comportarmi.

Lui allora mi fissava negli occhi e io cercavo di fare finta che non mi ero accorto del dente meccanico.

Invece me ne accorgevo sempre e cosí nel sogno alla fine lui tornava nello spazio riferiva all'entità spaziale che lo comandava i nomi di chi si era emozionato di piú entrando nel bar chi avrebbe voluto sfotterlo e non l'aveva fatto per vigliaccheria e chi invece nascondeva il proprio senso di schifo per i suoi sorrisi.

Mi ero svegliato tutto sudato gridando dente meccanico dente meccanico.

Il fumo mi stordiva.

Anche se ormai fumavo da mesi, l'aria del bar era irrespirabile, c'era la nebbia e dietro le vetrine intravedevo appena i gelati confezionati, le Girelle vendute sfuse.

Mi sentivo ridicolo. Da qualche parte dente meccanico mi stava osservando, in quel momento era vicino al tavolo da biliardo vuoto.

Sono avanzato verso la cassa e mi sono accorto che i vecchietti mi stavano guardando.

Li conoscevo tutti, in un bar di paese vedi sempre le stesse persone, è come essere in casa anche se fa molto piú freddo e non sai mai cosa dire.

Uno di loro si è alzato, mi ha salutato e mi ha chiesto come andava a scuola.

Io detestavo parlare della scuola. Gli avrei voluto dire che non ci sarei voluto mai andare, e che odiavo lui e tutto quel mondo che sopportavo ancora meno della scuola.

Andare a scuola era una fuga che si sommava alle fughe che ogni giorno di scuola ti obbligava a fare con il pensiero, con tutto te stesso.

Era come se scappassi da tutto e mi sembrava che tutti facessero cosí.

Era come se non si facesse altro che ingannare il tempo.

Per farlo scorrere meno veloce o per farlo precipitare del tutto. Io avevo deciso di fare le scuole superiori perché non volevo diventare come loro per non passare le giornate a giocare a carte con dente meccanico che ti guarda mentre pulisce il banco con lo straccio.

Ho risposto bene, benissimo, grazie.

Poi appena è arrivato dente meccanico ho comprato un pacchetto di Ms morbide tre bottiglie di Peroni. E un tubetto di Smarties.

7

Uscito dal bar ho fatto la piazza e la strada principale del paese, deserta, con le serrande abbassate e i leoncini di cemento fuori da una villa disabitata a osservarmi correre sempre piú veloce fino a svoltare nella stradina buia che porta al cimitero.

Io sentivo che domani era abbastanza il giorno piú importante della mia vita, avevo bisogno di parlare con qualcuno che mi potesse comprendere e sono andato da mio nonno.

Arrivato nel piazzale davanti al cimitero ho messo le birre nel K-way e mi sono arrampicato.

Mio nonno, parlava raramente.

Era un saggio.

Quando parlava, scherzava.

Detestava il chiasso e l'unica volta che in casa sua c'è stato caos è stato il giorno del suo funerale.

Il giorno del suo funerale c'era la casa piena di persone che non avevo mai visto, un baccano infernale che sfumava nella camera da letto dove mio nonno, con gli sbuffi di cotone che gli uscivano dalle orecchie e un fazzoletto annodato intorno al mento come se avesse il mal di denti, sembrava dormire.

Sono andato da lui e gli ho detto ciao, nonno, tu sei l'unica persona qua dentro che non fa baccano.

Lui era lí morto, non scherzava.

Lo guardavo e aspettavo il miracolo di una reazione, come quando è morto all'ospedale a tratti mi sembrava che mi sorridesse, anche se sapevo che non era possibile lo speravo, stavo lí e interpretavo ogni ombra sul suo volto, spostandomi, come un segno, un gesto che mi voleva dire di rimanere perché aveva tanti segreti da raccontarmi.

Il muro era umido.

Per me allora non c'era spettacolo piú bello di quel cimitero di notte, con le luci delle tombe che aumentano tutte assieme appena arriva un soffio di vento smuove l'aria tra le tombe. Il cimitero non mi faceva paura. Avevo sentito delle storie incredibili, sul cimitero, come quella di un ragazzo che per scommessa c'era entrato di notte e poi, per la paura che gli aveva fatto il suo giubbotto impigliato a uno spuntone di ferro del muro, era morto.

Il cimitero era l'anteprima della fine di tutto composta, impacchettata e un po' odorosa di foglie morte, dolciastra allo stesso modo di quando lasci una brioche nell'armadio della cucina dimenticato.

Io sono scivolato giú dal muro dolcemente, aggrappandomi alla testa di un angelo di marmo ho toccato terra e ho camminato per un po' lí dentro.

Mi piacevano le tombe spoglie, con la croce e la data di nascita e di morte, come punti interrogativi venuti su dal profondo della terra per chiedere il senso delle vite che nessuno si ricordava piú. E poi c'erano le cellette nel muro, una sopra l'altra, con le foto, sembravano i viaggiatori di un treno assurdo, congelato al momento della partenza, con i passeggeri che salutavano dai finestrini, per sempre.

Mi sono appoggiato al marmo della tomba di mio nonno, ho tirato fuori le bottiglie, le ho aperte tutte e tre con una moneta da cento lire e le ho messe lí, vicino a delle rose di plastica che qualcuno gli aveva portato.

Nel buio la tomba di mio nonno era uguale a tutte le altre, anzi un po' piú uguale di tutte per me che mi ci ritrovavo perfettamente, come a casa mia, casa mia in senso assoluto, il buio del cimitero mi dava un senso di libertà, nell'aria fredda della sera per me stare lí era come diceva Sammy Barbot spalancando le braccia prima del telegiornale, con le telecamere che lo inquadravano dappertutto ruotandogli attorno aria, aria di casa mia, aria di libertà ripeteva a squarciagola prima delle previsioni del giorno dopo di cui l'unica cosa che mi piaceva era la storiella della vita del santo di domani.

Ho preso la bottiglia e nonno, gli ho detto dopo averne bevuto un sorso, tu che hai novantaquattro anni, ottantotto da vivo e sei da morto, si può dire che hai una certa esperienza di essere vivi e morti. Come si fa quando vedi una persona che ti piace, e sei al cinema?

Guardavo dritto la foto sua, appena illuminata dal lumicino.

C'era la luna che sembrava la serratura del nulla e il cielo era dappertutto questo buio con i lumini dei morti erano candeline di compleanno sparse dappertutto gli davano un aspetto comico, al cimitero.

Piú strano di un'aula scolastica, di un pullman che va a scuola, di un uomo che finisce a lavorare in una ditta.

Mio nonno nella foto aveva piú o meno cinquant'anni i capelli impomatati di brillantina lo sguardo perso nel cimitero.

Io avevo finito la prima bottiglia trangugiando la seconda mi continuava a venire da ridere. Sai nonno, gli dicevo dandogli delle pacche sulle lettere di bronzo, è un casino, veramente.

Io volevo parlargli di tutto non avevo il coraggio di chiedergli se domani con Silvia limonavo.

6

Il comodino girava assieme ai libri di scuola ai quaderni dei Duran Duran alla lampadina con tutta la stanza che lo inseguiva.

Solo io rimanevo al centro del mondo nauseato nel letto che sembrava pronto a decollare da un momento all'altro per portare via me e tutti i miei pensieri.

Appena chiudevo gli occhi vedevo Silvia che mi guardava sprezzante, mi diceva che non ero normale. Io la fissavo e vedevo che i suoi occhi erano completamente bianchi.

Allora gridavo e correvo allo specchio a guardarmi.

Anch'io ero come lei.

Da bambino avevo visto un film che si chiamava *Il villaggio dei dannati*.

Era la storia di un paese normale, come il mio.

Un giorno si sono addormentati tutti, senza che nessuno capisse che cosa era successo. Quel giorno diverse donne erano rimaste incinte.

Poi tutte hanno partorito dei bambini bellissimi ma inquietanti, con una strana energia negli occhi.

Un'energia capace di uccidere le persone che li guardavano.

Io mi sono alzato ho passeggiato per la stanza ho fatto avanti e indietro due tre volte non sapevo cosa fare ho giocato un po' con i tasti del televisore l'ho acceso l'ho spento ho preso dalla tasca della giacca la confezione di Smarties ho letto gli ingredienti.

Ero completamente ubriaco.

Avevo la nausea.

Ero capace di farmi passare il singhiozzo, bastava bere sette sorsi d'acqua trattenendo il respiro per trenta secondi.

Con la nausea non funzionava.

Restavo seduto sul letto mi sembrava di essere rimasto inchiodato al centro della Terra con l'universo che mi ruotava attorno facendo un rumore insopportabile di televisione accesa dopo la fine dei programmi.

Piú cercavo di concentrarmi piú il rumore diventava forte.

A tratti sembrava una successione infinita di passi, sempre piú veloci.

Allora capivo che era il mio cuore che batteva all'impazzata.

Il rumore del cuore che non capiva piú nulla, che si arrampicava in tutte le direzioni che lo aspettavano straniato.

Mi sembrava un conto alla rovescia segreto, che solo nei momenti piú strani della vita si può sentire, una guerra per continuare a restare affacciati sullo strapiombo delle cose che diventano sempre piú piccole, e lontane.

Allora pensavo che forse anche Silvia era sveglia, forse anche lei aveva bevuto e forse era andata a confidarsi con sua nonna, al cimitero, oppure si era già dimenticata che domani avremmo dovuto vederci, forse sarebbe stato molto meglio cosí, e senz'altro avevo sognato tutto, non era vero niente e continuavo a non capire cosa mi stesse accadendo.

Invece era chiaro, e stava succedendo proprio a me.

Da bambino mi dicevo che non sarebbe mai accaduto. Le persone innamorate mi sembravano stupide, deboli.

E mi sentivo stupido e debole perché ero in costante attesa perché sentivo che potevo stare bene o male come sempre ma che non dipendeva affatto da me perché volevo stare tutto il giorno a guardarla volevo baciarla da mesi da quando l'avevo conosciuta dalla prima volta che l'avevo vista entrare in classe era molto piú forte di un'ubriacatura perché l'alcol dopo un po' ti lascia in pace e tutto ritorna come prima.

Silvia invece mi aveva catturato il suo sguardo si era preso un poco di me o un poco del mondo che ci circondava da quando l'avevo vista nulla era piú come prima, come se i suoi occhi avessero assorbito un colore prendendolo dalle cose cambiandole per sempre fino a che non fossi tornato lí dentro nel suo sguardo tuffandomi per riprenderlo per vedere il mondo dopo di lei.

Allora per un istante ho avuto questo pensiero

tutto mi è stato chiaro non era altro che una recita un continuo rimandare altrove il dolore che ci prende ogni volta che ci accorgiamo che c'è sempre qualcuno che stravolge completamente la tua vita e allora ti inventi delle cose per tenere occupato il tempo per non accorgerti del tempo per non sentire il rumore del cuore che diventa sempre piú forte e che dice sentimi, adesso esisti, adesso esisti e tu cerchi di impazzire, di non capire piú nulla, di capire tutto quello che non c'entra nulla, impari a memoria le capitali del Sudamerica, studi i dribbling di Tardelli, la perifrastica passiva, confronti le marche, i diversi tipi di carne in scatola.

5

Alle sei ero già sveglio. Avevo dormito due ore, o forse meno. Il suono della sveglia arrivava da un altro mondo e mi aveva trascinato via dal sogno di una strana aula di scuola.

Era la mia classe, divelta dalla scuola con il pavimento intatto, appoggiata a un burrone. Eravamo tutti seduti e la professoressa parlava di Foscolo mentre la classe lentamente franava.

Nessuno diceva nulla perché cadere faceva parte del giudizio, chi cadeva sorridendo faceva finta di niente anche se era morto sorrideva veniva promosso.

In fondo al burrone c'era il famoso venditore di mobili Aiazzone che ci aspettava dopo morti per prenderci per portarci tutti a Biella in pullman a vedere le cucine arredate.

Io sono caduto sono arrivato in fondo al burrone dove Aiazzone mi ha fatto vedere le cucine economiche Aiazzone in persona mi ha detto che potevo pagarle con il mutuo agevolato con tutta calma mi ha detto che potevo scegliere la piú adatta alle mie necessità che potevo fermarmi con i loro esperti anche tutto il pomeriggio.

Io non volevo scegliere volevo ritornare su in classe a casa andarmene via di lí.

A quindici anni devi avere scelto, altrimenti cadi continui a cadere precipiti mi ha gridato Aiazzone trasformandosi in un mostro e io ho detto con tutta la forza che avevo no no no e subito sono caduto in un altro strapiombo, dove non c'era assolutamente nulla, era l'inferno.

Poi è suonata la sveglia ho rivisto la stanza il comodino casa mia.

Mancavano poche ore all'appuntamento al cinema con Silvia.

E tra due ore dovevo essere a scuola.

Avevo la gola secca.

Mi girava la testa.

Qualcuno mi aveva detto che in questi casi la cosa migliore è prendere un caffè con un po' di gocce di limone.

Mi sono preparato il caffè pensando a quello che avrei detto a Silvia a scuola in quanto tra me e lei c'erano tutti i pensieri che avevo avuto tutte le aspettative una notte in bianco mentre lei forse non ci aveva neanche pensato un po', e questo mi dava tristezza.

Mi sentivo eroico con la tazza del caffè in mano con il limone spremuto dentro e pensavo a quella volta che io e il mio amico Christian avevamo deciso di drogarci con il caffè abbiamo preparato una caffettiera da quattro l'abbiamo aperta e abbiamo rifatto il caffè usando però al posto dell'acqua il caffè che avevamo appena fatto e poi lo abbiamo bevuto era una specie di asfalto marrone sciolto un supercaffè imbevibile potentissimo io sentivo le palpebre che mi pulsavano impazzite e Christian lo stesso andavamo in giro come due pazzi pieni di tic nervosi e ci veniva in continuazione da ridere.

Mi sentivo terrorizzato, non volevo che nessuno sapesse quanto ero emozionato, quanto ogni momento diventava strano frenando in continuazione sul futuro che arrivava.

Mi sentivo esaltato dal fatto che mancasse sempre meno tempo ad andare al cinema con Silvia e mi accorgevo che da quando la sera prima mi aveva chiamato il tempo era passato velocissimo e allo stesso tempo era incredibilmente lento a seconda del modo in cui lo consideravo.

Se guardavo il passato, se lo consideravo tutto, mi sembrava volato in un baleno.

Se ci entravo dentro, guardandolo istante per istante, era interminabile, una lezione di grammatica greca.

Allora ho iniziato a raccogliere i libri, i quaderni, e lo facevo a caso, nella mente mi si affollavano un'infinità di pensieri che si accavallavano a pezzi di canzoni che avevo sentito e non se n'erano piú andate via.

Ho acceso la televisione e c'era Craxi che parlava.

Ho spento la televisione e ho acceso lo stereo.

Non ero molto consapevole di quello che facevo.

Ero febbricitante.

Sul piatto del giradischi c'era *The Wall* dei Pink Floyd.

I Pink Floyd facevano male, con quel muro di mattoni bianchi tutto uguale, senza nessuna scritta e dentro lo stesso muro con degli squarci tremendi da cui uscivano studenti ridotti a carne trita da un professore impazzito e altri esseri spaventosi che si aggiravano dietro quel muro che era come quello che sentivo ogni giorno nostro compagno abituale a scuola e dappertutto, un muro bianco che allontanava le persone tra loro fino a che uno squarcio inaudito non lo buttava a terra, ma questo squarcio non arrivava mai e io lo aspettavo come una rivoluzione una piccola fine del mondo che cambiasse per sempre le cose che facesse finire il freddo che sentivo sempre salire buttare giú il muro dei Pink Floyd.

Sono andato a scuola.

4

Arrivare a scuola era ogni volta un tuffo in un oceano di persone che corrono veloci per andare nella loro classe.

Mi veniva ansia.

Spesso per la strada incontravo altri ragazzi della mia età, ex compagni delle medie che avevano scelto una scuola differente dalla mia, e ci fermavamo a parlare. Quella mattina ho incontrato Diego, uno che alle medie era piuttosto conosciuto perché veniva a scuola con i petardi e una volta ne aveva fatto scoppiare uno in classe.

La professoressa aveva minacciato di sospenderlo per sempre ma lui era molto tranquillo, diceva che cosí almeno non doveva tornare a scuola, e sarebbe potuto andare a fare il terrorista. In quegli anni c'era l'incubo del terrorismo e noi, all'intervallo, giocavamo a terrorismo e delinquenti.

Io facevo Pierluigi Concutelli Diego faceva Vallanzasca ci cambiavamo i ruoli li mischiavamo con quelli di personaggi immaginari.

Una volta per esempio abbiamo fatto Pierluigi Concutelli contro Topolino, un'altra volta Curcio contro Fantomas, mentre un nostro amico, Michele, faceva il commissario Basettoni.

Poi invece Diego ha deciso di fare l'elettricista, e era al primo anno dell'istituto tecnico. Quando mi ha visto ha detto subito che ero strano, mi ha chiesto se c'era qualcosa che non andava e io gli ho detto che sí, la Juve domenica aveva dei problemi, era la prima cosa che mi veniva in mente.

Diego mi ha guardato stupito ha detto che aveva preso la «Gazzetta dello Sport» e la Juve aveva la formazione a posto.

Io allora l'ho salutato di corsa e me ne sono andato.

Sembrava che avevo scritto sulla faccia che ero innamorato e questo mi faceva venire voglia di bigiare.

Di bigiare in senso assoluto.

Al ginnasio le bigiate che conoscevo erano di due tipi, quelle a casa, assolute, e quelle parziali.

Le bigiate assolute erano un'esperienza di solitudine totale.

Al mattino uscivo di casa chiudevo la porta e poi piano piano la riaprivo, controllavo che non ci fosse ancora nessuno alzato sgattaiolavo un'altra volta in camera aprivo l'anta dell'armadio e rimanevo lí dentro fino a che la casa era vuota. Era una specie di strano replay dell'inizio della giornata, solo che nell'originale uscivo dal letto mentre nella bigiata assoluta entravo nell'armadio. Una volta sono venuti i ladri in casa e hanno aperto l'armadio c'ero io dentro in mezzo ai maglioni che facevo la bigiata assoluta. I ladri mi hanno detto cosa ci facevo io lí io gli ho detto cosa ci facevano loro in casa e complessivamente era molto imbarazzante per tutti, infatti ci siamo guardati per un po' io e questi tipi, hanno chiuso l'anta e sono scappati via con il bracciale della comunione di mio fratello.

Io da quel giorno non ho fatto piú bigiate a casa ma solo bigiate parziali, ossia stabilite con altri fuori dalla scuola, pochi minuti prima di entrare e con il pericolo di essere stati già visti da qualcuno della scuola.

Il nome di bigiata parziale l'avevamo scelto perché c'era una mia compagna di classe che si sedeva fuori dalla classe e si rifiutava di entrare, il professore le diceva di entrare, le diceva che era stupida, molto stupida. Lei diceva che quella era una bigiata parziale, ma era comunque una bigiata e nessuno l'avrebbe spostata di lí.

Arrivato nel cortile della scuola la bigiata parziale mi sembrava l'unica soluzione possibile, se mi avessero interrogato non sarei stato in grado di dire una parola perché l'amore mi aveva tenuto sveglio e inoltre avevo bevuto, ero ridotto a uno straccio e vedevo Silvia dappertutto. Bigiare era vigliacco ma a volte esserlo ti aiuta a uscire da situazioni insostenibili.

Allora ho detto uno due tre vai e sono andato spedito verso un bar che c'era vicino alla scuola dove passavamo la mattinata delle volte a giocare a videogiochi o a calcetto a guardare che non entrassero professori.

Nel bar c'era la musica al massimo, *Every Breath You Take* dei Police.

Ho messo duecento lire nel videogioco di Donkey Kong guardavo Mario l'idraulico che si arrampicava per le scale spinto da me saltando i barili per salvare la ragazza catturata dal gorilla in cima al palazzo e la musica mi entrava dentro, mi sfiniva di emozioni sentivo la batteria come se fosse stata dentro di me come se ci fosse Silvia dappertutto.

In quel momento ho sentito qualcuno alle mie spalle ho sentito la sua voce era proprio lei era Silvia che mi diceva cosa ci facevo lí alle otto e dieci io mi sentivo svenire, morivo dalla felicità e volevo scomparire.

Non mi sono girato, ho finto di essere molto impegnato con Mario le ho detto che facevo in un attimo.

Lei restava sempre alle mie spalle.

Non la vedevo. Immaginavo come era vestita.

Le ho chiesto perché anche lei non era già a scuola.

Lei mi ha risposto che era passata per prendere un caffè.

Io le ho detto che avevo voglia di fare una partita a Donkey Kong.

Silvia mi ha chiesto se mi aspettava.

Io ho scosso le spalle e le ho detto se hai voglia, tra poco ho finito.

Allora mi sono girato lei mi ha sorriso per me quel sorriso era come essere promosso a tutte le scuole del mondo ho cercato di non farglielo capire di non sbilanciarmi troppo non volevo che sapesse quanto avevo bisogno di lei le ho detto che a Donkey Kong bisogna stare attenti per passare al secondo livello sull'ultima scala il gorilla butta tre barili contemporaneamente bisogna saltare tre volte di seguito tenendo schiacciato il pulsante della corsa.

Lei mi ha detto che non aveva studiato greco che dovevamo muoverci perché eravamo in ritardo.

Io l'ho seguita verso la scuola la guardavo da

dietro era sceso un silenzio piú forte di qualunque canzone di qualunque rumore erano stati cinque minuti di sospensione assoluta mi sentivo un mago piccolo, prima di entrare in classe lei mi ha detto non hai preso impegni, per oggi pomeriggio?

Io le ho detto è vero, dovevamo andare al cinema!

3

Quella mattina avevamo greco greco educazione civica scienze matematica.

La professoressa di greco era sempre entusiasta della sua materia io non capivo niente ero molto strabiliato perché le poesie di Saffo mi sembravano uguali a quelle di Romina Power e Al Bano mentre quelle di Archiloco sembravano di Branduardi però quelle erano culturali tantissimo Romina Power e Al Bano nulla Branduardi cosí cosí.

Allora pensavo che forse il criterio della cultura era l'antichità piú le cose sono antiche piú sono colte e quindi senz'altro le poesie degli uomini preistorici erano ancora molto meglio di quelle dei greci che oltretutto era molto facile per loro fare i brillanti tutto il giorno in giro in piazza a parlare di cose intelligenti tanto avevano in casa gli schiavi che erano degli elettrodomestici viventi.

Pensavo che oggi gli elettrodomestici magari hai speso soldi per comperarli hai paura che si guastino perché un idraulico se lo fai venire in casa ti costa un sacco di soldi mentre uno schiavo greco alla fine conviene molto di piú.

Quella mattina la professoressa stava spiegando Senofonte che non era tanto bravo diceva ma comunque importante era tutta una storia di un accampamento ricordo che nessuno l'ascoltava era una di quelle mattine in cui si tirano giú le saracinesche c'è questo accordo tra il professore e gli studenti ciascuno vive nel suo mondo non ci si disturba a meno che improvvisamente l'insegnante non dice adesso interroghiamo e c'è terrore.

Io morivo dal sonno avevo la mia compagna di banco che era una ciellina mi guardava strabiliata le ho detto stai zitta tu non parlare sto bene non ho nulla tranquilla ho pregato tutta la notte.

Pensavo a Silvia dietro di me di due file e pensavo che ero anche stufo di pensarci ininterrottamente ma ero troppo emozionato e qualunque cosa pensassi quella mattina si trasformava in lei.

Per esempio se cercavo di seguire il delirio della professoressa per tre secondi la storia di questo Senofonte e del suo accampamento di greci poi mi veniva subito in mente che da una tenda usciva Silvia e non avevo il coraggio di girarmi, temperavo la matita la guardavo con attenzione per vedere se la punta era venuta bene e poi la temperavo di nuovo e cosí via.

Io calcolavo cercavo di immaginare cosa sarebbe successo quel pomeriggio cercando di scacciare dalla testa la quantità impressionante di immagini tipo *Laguna blu* che mi venivano in mente con Silvia lasciando scorrere le ore come un chiacchiericcio di sottofondo come quando sei a letto e in sala c'è la televisione accesa da lontano tu la senti che sfuma piano piano altrove e non capivo perché quella mattina sentivo il bisogno di non guardarla di non parlarle perché era tutto sospeso e congelato fino a che non ci saremmo visti il pomeriggio al film la mia vita stava deragliando in una fantasia continua ero solo le emozioni che provavo e con la testa capivo molto bene che forse stavo impazzendo che dovevo temperare la matita ancora un poco io avrei temperato anche i pennarelli e l'astuccio e la mia compagna ciellina che prendeva appunti su appunti aspettando il suono definitivo della campanella la fine della scuola e tutto il resto.

Silvia era in fondo alla classe. Silvia aveva la sua vaschetta di scimmie di mare. Silvia respirava.

Silvia aveva la borsa rossa.

Silvia era come una nave su cui ero salito che partiva per non so dove tra poco andavamo io e lei fino alla fine del film e

Durante l'intervallo lei è venuta da me mi ha detto che aveva una sorpresa per me. Io le ho detto che ero contento e lei ha fatto una specie di smorfia che mi ha lasciato senza fiato dicendomi che avrei dovuto aspettare il pomeriggio per sapere cos'era.

Io ho deglutito le ho detto ah, bene.

Anch'io ho una sorpresa per te.

Non era proprio una smorfia. Era un sorriso strano, da comandante di un esercito che era costituito da me soltanto piegato ai suoi voleri ma virilmente sulla difensiva prima di cadere nell'adulazione totale nell'adorazione piú sfrenata prima di soccombere del tutto tra lo scherno della classe gli sfottii dei fascisti dei paninari dei ciellini della professoressa di Senofonte e di tutti, e di lei.

Io in quel momento guardavo i suoi capelli neri lunghi raccolti con la treccia e pensavo che per lei avrei fatto qualunque cosa anche la spesa il sabato sera quando c'è la coda di dieci metri alla cassa o andare a ritirare i moduli in segreteria.

Senofonte ti piace?, le ho chiesto cercando di esprimere indifferenza di cambiare argomento di dimostrarmi almeno un po' superiore a tutto quello che mi si agitava dentro.

Lei ha sorriso ha detto ci vediamo alle quattro fuori dal cinema se n'è andata in corridoio è uscita.

2

Il profumo di Silvia sapeva di una volta che ero piccolo ero in vacanza in Calabria ero andato a visitare un aranceto e c'era questo profumo caldo fortissimo di arance che restano sotto il sole a riempire tutto del loro profumo mischiato a quello del mirto e cosí Silvia piú il caldo della sua pelle che si sentiva prendere a sberle l'aria che attorno a lei si apriva per farla arrivare con i capelli sciolti vicino a dove c'è la biglietteria e io avevo quindici anni quindici secoli quindici secondi mi sembrava che mi stavo confondendo se Silvia era una Lemonsoda me la sarei bevuta perché avevo questa sete fortissima che era anche il mio rumore del cuore mentre le dicevo ciao, tra cinque minuti inizia.

A me entrando nel cinema sembrava che i padroni avessero messo la corrente per terra che mi saliva dai piedi perché mi sentivo tutto elettrico e questo era l'amore che incominciava a diventare una cosa molto piú forte del film che quasi incominciava.

Silvia aveva sciolto i capelli neri e entrando nella sala c'era buio per un istante le ho sfiorato la schiena spostando la tenda io sentivo questa forma di corrente che diventava piú forte io pensavo che le mie mani non si erano emozionate cosí da quando da piccolo giocavo con il pongo sentivo questa cosa che io trasformavo come volevo perché un pezzetto di pongo rosso mischiato a un pezzetto di pongo giallo impastato per bene dopo un po' diventava quello che volevo io per esempio una barca un po' verde un po' grigia di pongo da appoggiare sul tavolo mentre toccando per sbaglio Silvia prima di vedere *Labirynth* sentivo che la sua schiena a differerenza del pongo ovviamente rimaneva uguale ero io che mi trasformavo come se avevo preso la corrente come se mi avessero fatto un incantesimo uguale a Paperone quando si tuffava nei soldi i suoi occhi si trasformavano in simboli del dollaro per la forza che avevano i soldi nel suo cuore e io la stessa cosa con la schiena di Silvia, che mi chiedeva dove ci sediamo.

Il cinema era quasi vuoto.

C'era un vecchietto che leggeva il giornale con un cappellino da ciclista appartato nell'ultima fila.

C'era un gruppo di cinque o sei ragazzini che continuavano a ridere a scherzare nella fila centrale, la piú comoda, dove si possono allungare i piedi.

Avevano tutti i dixie e la Coca-Cola nel bicchiere di carta.

C'era una coppia di grandi anche loro in fondo seduti seri.

Grandi per me allora voleva dire qualunque persona che avesse piú di diciassette anni e credo che quella coppia ne avesse venti ventuno e dunque erano bruciati nella tristezza delle persone adulte.

Silvia mi ha detto devo andare un attimo in bagno prendi tu il posto.

Io le ho detto va bene l'ho vista voltarsi allontanarsi verso la tenda le ho detto tra poco però inizia ho pensato che era molto impegnativo scegliere un posto al cinema anche perché comunque dovunque vai poi arriva un giocatore di pallacanestro che ti si siede davanti tranne che in prima fila dove non si siede mai nessuno perché è come se vedessi gli attori le scene del film sdraiato a terra spiando da sotto con la nausea.

Cosí ho attraversato la sala sono passato davanti ai ragazzini mi sono messo cinque file avanti rispetto al corridoio centrale in mezzo avevo calcolato che era il posto piú isolato del cinema sufficientemente lontano dallo schermo per vederci e mi calavo nel ruolo dell'esperto di posti in sala perché cosí l'emozione si attenuava sentivo meno forte il rumore del cuore che dalla sera del giorno prima nel bar al cimitero a letto a scuola aspettavo questo momento che adesso era arrivato e mi si disfaceva tra le mani in un soffio istante dopo istante perché era reale e quindi davvero incomprensibile preso dalla foga degli eventi delle luci che si abbassavano lentamente si spegnevano dal sorriso di Silvia che stava tornando dal bagno e di me che le facevo segno con le mani per farle vedere dove mi ero seduto.

Io quando è arrivata Silvia mi ricordo non riuscivo a guardarla ero come diviso in due persone una che volevo che si vedesse tutta impegnata a guardare lo schermo che si illuminava il film che incominciava l'altra che con la coda dell'occhio guardava Silvia che si sedeva accanto a me e cosí al buio eravamo soli io e lei un pianeta.

1

Io però sono molto contento di essere qui con te, le ho detto tutto in una volta dieci minuti dopo l'inizio del film mentre David Bowie ballava cantava assieme a dei mostriciattoli dentro un castello fatato dove teneva prigioniero il fratellino della protagonista femminile del film *Labirynth*.

Anch'io, ha detto Silvia sorridendo piano fingendo di non aver sentito quell'imbarazzante però che aveva assorbito tutta la fatica che mi era costata quella frase che non potevo fare a meno di dire e mi sono spostato di un paio di centimetri progressivamente verso di lei ci ho messo alcuni secondi mi sembrava di fare un viaggio lunghissimo in treno senza sapere dove andavo, io ero il treno che andava verso Silvia dentro il cinema che era sparito completamente attorno, per interi momenti sentivo solo il suo respiro il suo corpo vicino raccolto a guardare David Bowie con me nel regno degli gnomi di cui era il capo incontrastato, solitario.

Io ero molto contento del film perché mi sembrava adatto perché era una fiaba la storia di un mondo in cui tutto cambiava l'unica cosa sicura era che c'era questo amore fortissimo della ragazza per il fratellino che David Bowie gli aveva rubato per stare con lei dentro un castello immaginario o forse soltanto perché c'era Silvia, con me.

Praticamente *Labirynth* era la storia di una ragazza bellissima che rimaneva da sola la sera con il fratello neonato da curare i genitori erano andati via. Siccome lei non voleva curare il fratello aveva preso un libro di magia aveva recitato una formula magica per consegnare il fratello al re degli gnomi, David Bowie.

David Bowie era comparso in una nuvola di zolfo come il diavolo le aveva preso il fratello le aveva detto adesso il tuo fratellino è mio per sempre a meno che tu non riesci a venire a prendertelo nel labirinto magico in cui vivo assieme a molti mostri di vario tipo tra cui quelli con la faccia a forma di porta di pietra.

Io sentivo che la scuola il mondo era tutto molto lontano erano fuori dal cinema e il cinema era distante anni luce dal mondo dalla scuola.

Silvia a un certo punto si è girata verso di me ha detto adesso non guardare ti faccio la sorpresa che ti avevo detto a scuola io non capivo la luce andava veniva a seconda della scena del film chiudi gli occhi, mi ha detto, per cinque secondi, dopo guarda.

Io ho detto va bene mi sono portato le mani davanti agli occhi ho contato uno due tre quattro lei mi ha interrotto ha detto che ero troppo veloce mi ha sussurrato di ripartire piú indietro per esempio da dodici cosí ho contato dodici undici dieci nove otto sette sei cinque quattro tre due uno e ho aperto gli occhi.

Silvia aveva tra le labbra uno Smarties si è avvicinata a me con lo Smarties in bocca mi ha detto ne vuoi un pezzo?

Io vedevo la sua faccia con gli occhi chiusi protesa verso di me con lo Smarties tra le labbra ho pensato oh mammamia mammamia mammamia sentivo il suo profumo le sue labbra vicine.

Allora in quel momento ho capito che aveva comperato anche lei gli Smarties ho tirato fuori dalla tasca il mio tubetto le ho detto no grazie, ho anch'io la sorpresa e le ho fatto vedere il mio tubetto di Smarties, le ho detto è per te.

Silvia ha preso il suo Smarties con la mano lo ha tolto dalla bocca lo ha messo in tasca ha ripreso a guardare il film tirandosi verso di sé la borsetta che aveva appoggiata al sedile quasi di scatto, con rabbia.

In realtà avevo capito tutt'altro avevo capito esattamente tutto quanto ma non ero stato pronto non mi aspettavo ancora che accadesse non so che cosa sentivo il rumore del cuore fortissimo Silvia tutta seria che guardava una specie di gorilla triste appeso a una corda catturato da due piccoli soldati dell'esercito degli gnomi davanti al castello di David Bowie sullo sfondo.

Io sentivo il silenzio di Silvia piú forte della musica del film di tutto e il mio anche lí con i secondi che giravano attorno a noi come una morsa che diventava sempre piú stretta e dovevo andare farlo e adesso ero pronto e l'ho baciata ho sentito per la prima volta per sempre le labbra di Silvia che e allora *o*

E le labbra di Silvia erano il mio cuore che restava dentro una forma piú grande di cuore meravigliato per sempre nella luce che cambiava del film solo il colore del volto che diventava sapore respiro per la prima volta nella mia vita che non era piú mio ma di tutti e due lo stesso respiro era ritmo profondo.

Nella sala del cinema non c'era David Bowie non c'era piú io o tu finalmente nulla soltanto respiro come nella vacanza piú lunga della mia vita come in tutto quello che non avevo ancora vissuto continuando a discendere dentro di me nel rumore dell'acqua che scorreva tantissimi secoli prima, come un gigante di acqua che si scioglie in un pianeta che c'era da sempre accanto silenzioso si confonde con quello ogni linea e diventa montagna luna e mare e case videogiochi cassette macchine da scrivere tubetti di Smarties aperti.

Come un punto che inizia a vibrare nello spazio nel tempo cambiando assumendo dimensioni che diventa linea e spazio e moltitudine di spazi che si intersecano tra di loro e si moltiplicano a dismisura come galassie piccole, piccole.

Nel silenzio di tutto quello che non era nel mondo delle labbra di Silvia piú grande del mondo che fuori continuava a correre dove nessuno l'aveva capito mai senza fermarsi vuoto e orribile da vedersi da pensare.

Sentivo i denti di Silvia che scoprivo come delle montagne ogni millimetro dove io ero piccolo uno scalatore che le scopriva con la lingua lontano anni luce dal vuoto mostruoso del pensiero di fuori.

Allora dentro di me c'era il profumo l'odore senza passato futuro presente le onde che diventavano grandi del fiato che passava attraverso di noi che non c'eravamo piú e io che ero soltanto fiato che entrava nel batticuore che incominciava a scandire i secondi del bacio che diventavano mesi.

Allora c'erano tantissimi mondi si formavano uno dietro l'altro per rinascere subito dopo trascinati altrove dalla saliva di Silvia che assieme a loro mi trascinava a occhi chiusi nel cinema, abbracciandola dentro la sentivo vicina per un istante come non avevo sentito nessuno mai.

Come quando ero piccolissimo quando ero un neonato che non sa niente del mondo lo scopre ogni secondo e tocca il tavolo e sente questo è tavolo pensa questo è legno impara le venature delle cose le superfici da toccare del mondo la consistenza della plastica la morbidezza della lana la presenza impalpabile dell'aria, quando ancora devi conoscere tutto, quando ancora non ti hanno detto che tutto è già stato fatto.

O come quando prima di morire forse da capo allo stesso modo risenti ancora per l'ultima volta le cose che ti circondano e vedi i pezzi di mondo che ti rimangono attorno e te ne riempi, come fosse la prima volta, come un gioco.

Poi basta. Ci siamo guardati per un attimo. Ero pieno di mondo. Non avevo parole.

Io e Silvia abbiamo continuato a guardare il film e lo vedevo come vedevo i film a cinque anni, senza capirci niente, con frammenti di trama che si accavallavano ad altri, facendo avanti e indietro senza nessi, come un gioco di ombre cinesi colorato, e fuori c'è tutto c'erano le strade le storie che si mischiavano alle grida delle persone che parcheggiavano la macchina vicino al cinema e la strada per tornare a casa e i compiti da fare e tutte quante ancora le parole da dire.

E ancora, mancavano gli anni.

Quarta cosa
Piazza Cordusio, 1999

1. *Cariocinesi, mitosi*

Mi chiamo Matteo.
Ho quasi ventotto anni.

Penso. Vorrei che ci fossero delle macchinette per tornare nell'utero, come quelle per farsi le fotografie per la carta d'identità, tu ti siedi inserisci i soldi e torni nell'utero, sei dentro tua madre e per cinque minuti devi ancora nascere, non hai la minima idea di dover pagare l'affitto ma senti gli scambi di liquido c'è soltanto l'immenso respiro di tua madre non hai nessuna idea di niente non ti interessa sapere che ci sono i saldi al Coin non ti interessa sapere per quale motivo la Fiat è stata venduta alla General Motors sei nella pancia di tua madre hai un diametro variabile tra i quindici e i venticinque centimetri un peso di cinquecento seicento grammi la base cribriforme dell'osso etmoide del tuo cranio comincia a prendere forma i neuroni del tuo cervello si connettono con i glomeruli dei tuoi bulbi olfattivi mentre tua madre respira respiri non ci sono ancora stati il panico di avere cinque anni di trovarsi completamente soli non hai ancora pensato di avere speso inutilmente le tredicimila lire del biglietto di un film non hai cercato una persona che non c'è all'ufficio contabilità in amministrazione a forma di spatola hai iniziato da mesi a presentare gli arti ossa cartilagini che poi si sono sviluppati in mani, braccia, spalle, gambe le cellule della porzione materna dell'universo sono irrorate di sangue dal tuo cuore dall'arteria dalla vena uterina arrivano appena velate informazioni chimiche del mondo che ti aspetta pieno di numeri di telefono cotolette puntate dello *Zecchino d'oro* incidenti stradali proteine vitamine silenzio.

Metti cinquecento lire e ti ritrovi alla fase di formazione del tuo muscolo cardiaco sei perfettamente integrato nel paesaggio nella realtà atrio ventricolare che sempre di piú prende piede attorno a te dentro di te cogliendo i segnali delle fibre del muscolo cardiaco di tua madre alla velocità di meno di m 1,8 al secondo l'eccesso di ioni sodio e calcio al di fuori delle tue cellule portano all'aumento delle cariche in entrata e in uscita dalle membrane delle cellule muscolari piú il tuo cuore abbozzato viene dilatato piú si contrae piú sangue pompi piú crei spazio per scambiare sangue fresco durante il battito successivo sei una centrale di cose che succedono continuamente racchiuso nello spazio liquido collegato con il cordone ombelicale produci capelli ciglia sopracciglia unghie c'è dappertutto progesterone un tampone di muco ti separa dal mondo che ti aspetta al di fuori del collo dell'utero pieno di patenti bollette colpi di batteria cognomi marmellate d'arancia provincie.

Tu allora non capisci il tempo che passa il senso dei giorni dei giornali delle informazioni che non esistono nella cavità amniotica nel rumore lontano marino del terrore della vita dell'amore non sei ancora franato verso il basso fradicio di muco tra una caterva di frammenti di acido desossiribonucleico dopo le cosce di tua madre nella pressione dell'aria nella modulazione dei suoni tra sbalzi di pressione della membrana di Meissner nell'arrivare esagitato dei rumori delle città delle persone mentre crescono l'odore del sangue il volume delle cellule basali la duplicazione dei cromosomi che intercettano l'odore di sangue a ondate successive verso il muco verso la gola incorporando polvere batteri particelle chimiche mondo.

Poi dopo esci dalla macchinetta ti ritrovi in una piazza fai parte del tuo deperimento continuo iniziato dieci anni fa venti anni fa trent'anni fa continui a accumulare quello che devi lasciare nel territorio prima di avere incominciato a capire qualcosa inizi a correre a compilare moduli a secernere sudore a telefonare alla persona con cui avevi un appuntamento prendi la metropolitana compri la «Settimana enigmistica» stai male sei attraversato da radiazioni elettromagnetiche di ogni tipo fasci di luce superiori ai cinquecentocinquanta nanometri corrispondenti al colore giallo vibrazioni sonore tra i venti e i ventimila hertz e migliaia di stimoli che contemporaneamente ti strappano da te ti sottopongono all'attenzione l'ultima tornata elettorale ti ricordano che hai fame ti fanno pensare a com'era bello prima che accadesse qualcosa ti fanno desiderare che ti accada qualcosa ti spingono a ricordare la vecchia pubblicità della Omnitel a considerare gli aspetti della vita a ritornare nella macchinetta.

Se una macchinetta cosí esistesse le persone farebbero la coda per entrarci e non vorrebbero uscirne piú entrerebbero nel tunnel delle macchinette metterebbero da parte migliaia di cinquecento lire che non si trovano mai per esempio quando vai al supermercato hai bisogno di cinquecento lire per il carrello frughi nel portafogli e non le hai tutte le volte ti dici che devi metterle da parte per poter entrare nel supermercato per tornare nell'utero per sottrarti alla pressione di tutto quello che succede dei calendari che impazziscono e continuano a andare avanti a accumulare ore giorni settimane mesi anni e tu rimani fuori a guardare senza carrello senza possibilità d'accesso.

Cosí si dimostra che l'intera vita sessuale per esempio non è altro che un modo imperfetto di ritornare nel luogo originario molto goffamente e in modo parziale per cinque minuti a seconda della propria capacità erettiva dell'umidificazione della vagina forzando l'identificazione con una piccola parte di sé una volta che ci si è pienamente immedesimati ci si lascia trasportare come all'interno della macchinetta quasi per ricordare felicemente il luogo in cui sei stato prima di essere rapito dalla produzione prima di incominciare a passare il tempo a trovare le bollette scadute prima di imparare la differenza tra il caffè liofilizzato e il caffè normale avvolgendoti a un'altra persona dando a tutto questo un senso una continuità storica e nel contempo producendo mediamente nel caso di un organismo maschile dodicimila miliardi di spermatozoi e attraverso l'interazione personale serie complesse di situazioni di lavoro e tristezza e d'amore.

Come se ci fossero delle porte degli spiragli per uscire da questo cappio che si stringe sempre di piú al calendario che si fa sentire sempre piú forte che con un grande dispiego di mezzi tutto continua a finire con la possibilità sempre piú debole di noleggiare il significato di tutto questo o al limite di riverniciare la casa, di comprare un videoproiettore, di mangiare anche soltanto una volta nella vita al ristorante giapponese.

E allora è evidente che in questa situazione cerchi di limitare i danni di trovare una forma di saggezza essenzialmente di non pensare di lasciare che l'invecchiamento delle cellule le complicazioni della vita una trombosi lascino terminare l'equivoco naturalmente nei tempi medi previsti evitando l'imbarazzo del momento della morte il vomito la non ritenzione dei liquidi l'assenza la mancanza di responsabilità nei confronti del proprio corpo dei processi innestati di decomposizione mentre il campionato l'industria tessile il fondo monetario internazionale Hollywood continuano a marciare.

Forse già da bambino pensavo sarebbe meglio essere dei robot immatricolati per svolgere le opportune funzioni con il certificato di garanzia la possibilità di sostituire i pezzi o l'intero apparecchio nel caso di mancato funzionamento la possibilità di fare causa alla ditta produttrice.

Il grande vantaggio dei robot è che non possono morire non essendo nati non possono vivere svolgono le loro funzioni nei limiti loro consentiti non si interrogano sul valore delle loro azioni non si confrontano con gli altri robot soffrendo per la loro differente collocazione sociale non tengono lo stereo troppo alto e giustamente per non creare intoppi al sistema è giusto diventare dei robot al piú presto in ottemperanza alle leggi vigenti per non infastidire nessuno degli altri robot che a loro volta non si lamenterebbero non creerebbero conflitti tra etnie incomprensioni tra studenti sedizioni, drammi famigliari siti internet intasati dagli hacker.

Cosí praticamente per dire che in fondo è interessante in qualche modo siamo proprio portati a rivolgere l'attenzione a dedicare tutte le nostre risorse alla propria vicenda personale cerchiamo di darle una forma compiuta proviamo a favorire l'approssimazione a qualcosa di strutturato comprensibile anche alle altre persone a tutti quelli che a loro volta in questo momento con differenti usi di materiali stanno cercando di fare la stessa identica cosa e di costruire una storia eventualmente per i nipoti e cosí via.

2. *Dio muove le mani sopra le acque prova*

Dio muove le mani sopra le acque prova il ritmo delle glaciazioni la forma delle successioni delle stagioni le caratteristiche morfologiche del paesaggio la fusione dei ghiacciai quaternari che hanno sommerso vasti tratti di costa in tutto il mondo scatenando circa settantamila chilometri cubici di pioggia o neve sulle terre emerse del globo la progressiva creazione di paesaggi spianati dall'alternanza di periodi caldi e periodi freddi depositando estesissimi accumuli morenici facilitando gli spostamenti di spore e pollini fino a creare l'ultima ritirata dei ghiacci undicimila anni fa dando luogo alle migrazioni del popolo gallico dei Biturigi durante il regno di Tarquinio Prisco sotto il comando di Ambigato si crearono le condizioni per i primi insediamenti stabili capoluoghi di tribú tra continue instabilità tumultuose inquietudini si impiantavano botteghe artigiane si tenevano fiere e mercati in occasione di feste religiose si scambiavano pelli carni salate formaggi tra il VI e il V secolo a.C.

Di essi della precedente età del ferro estesa dalle isole britanniche all'Italia Settentrionale ci restano tracce sporadiche incisioni piediformi isolate o a gruppi petroglifi in guisa di punte di freccia incisioni cruciformi antropomorfe zoomorfe sulle rocce nell'ideale pentagono che trova oggi i suoi vertici nei passi del San Bernardino e del Sempione e a Sud nelle città di Novara, Milano e Como.

Nel tempo per la propria posizione mediana ebbe rigoglio si sviluppò una borgata rustica un piccolo villaggio fondato dagli Insubri circondato da mura di biancospino fu chiamato Midland in seguito dai sopraggiunti romani fu denominato Mediolanum.

Dopo la conquista della Gallia da parte di Roma la città crebbe ricca sappiamo da Polibio che nel II secolo avanti Cristo a Milano cinquantadue chili e mezzo di grano costavano quattro oboli sappiamo inoltre che un viaggiatore pagava un tanto fisso di rado superiore a un semiasse ci sono un teatro un foro una zecca un circo dei templi e un edificio termale.

Dal 49 avanti Cristo la città con il circostante territorio era diventata un *municipium* ossia godeva degli stessi diritti aveva una certa autonomia con magistrati di propria elezione atti a conciliare il diritto locale con il diritto romano a definire il numero e le attribuzioni dei magistrati tra tutte le leggi emanate dalla città di Milano ai propri albori la piú celebre fu la *lex julia municipalis* promulgata da Giulio Cesare nel 45 avanti Cristo. Altre fonti ci assicurano che a Milano fiorivano industrie tessili metallurgiche fabbriche di armi forniture militari è attestata la forza contrattuale della congregazione dei mercanti primi a essere colpiti durante l'insurrezione popolare del 385 dopo Cristo contro Valentiniano II imperatore.

La fama di Milano si forma durante il periodo imperiale e specialmente nell'ultima fase dell'Impero Milano svetta sulle altre città per la sua ricchezza mentre i municipi curvavano sotto il peso di una crisi economica che inaridiva le fonti di ogni prosperità riducendo il consiglio comunale a ufficio imposte fino alla morte di Teodosio I alla formazione della corte imperiale a Milano sotto Massimiliano Augusto.

La diminuzione del traffico inflitta dalle piraterie vandaliche a Genova Marsiglia in tutti i porti della costiera gallo-italica del Mediterraneo aumentava il commercio e la fortuna di Milano rimasta nell'ombra durante i regni di Teodorico di Amalasunta di Teodato dilaniata dai conflitti tra gli Ariani e i Cristiani sopravvissuta di volta in volta alle invasioni degli Unni dei Goti.

Con il dominio bizantino alla fuga dei Goti Milano lentamente risorge sotto l'egida dei vescovi partecipi all'elezione degli alti magistrati della città restaurata dal generale Narsete lontana comunque dai fasti passati cade nel 569 in mano ai Longobardi.

Durante l'interregno in cui i Longobardi si spartiscono il territorio conquistato in trentasei ducati Milano diventa capitale del ducato che porta il suo nome il duca risiede stabilisce la propria dimora nella Curs Ducis, approssimativamente l'attuale piazza Cordusio.

3. Onicofori

Come quando compri una macchina un registratore e cerchi di capire come funziona il foglio delle istruzioni è scritto in una lingua che non capisci la traduzione in italiano è tutta sbagliata per esempio c'è scritto al posto delle pile delle batterie cellule e ti viene in mente il processo di divisione cellulare la cariocinesi e insomma tantissime cose che non c'entrano con il registratore che ti resta in mano cosí e non sei capace di farlo funzionare non sai se buttarlo via o tenerlo anche la mia vita a quasi ventotto anni non ha una spiegazione e nemmeno un foglietto illustrativo scritto sbagliato è insomma un esercizio di stile della natura come per esempio la diffusione degli onicofori, tipo di invertebrati terrestri diffusi negli ambienti umidi tropicali con corpo vermiforme segmentato convesso dorsalmente e appiattito ventralmente.

Quindi a diciassette anni ho incominciato a stare male a capire che era veramente difficile capire qualche cosa mi sono innamorato della cultura ho preso furiosamente a leggere libri a farmi domande piú cercavo risposte piú trovavo domande e cosí tutto era sempre piú terribilmente ingarbugliato fino a che è morta mia madre mio padre si è risposato me ne sono andato di casa per vivere ho iniziato a fare i lavori piú assurdi per diplomarmi prima di iscrivermi all'università prima a biologia poi a filosofia prima di laurearmi e anche durante e dopo.

A diciassette anni ho incominciato ad avere quest'ansia che mi divorava il bisogno di differenziarmi in qualche modo dagli onicofori di trovare uno squarcio nel sistema di riproduzione nella catena in cui mi ero trovato a partire dai miei nonni i miei genitori e ancora piú indietro fino alla preistoria chissà per quale motivo essendo arrivato a un certo punto a Milano con tutta questa gente che come me fa avanti e indietro da qualche posto a qualche altro entra in tabaccheria va in lavanderia mi avevano detto di incominciare a difendermi a garantirmi delle cose e cosí ho fatto secondo la regola.

Il primo problema che avevo era quello di mantenermi avere cioè la possibilità di svolgere le funzioni organiche normali nel frattempo che passavano i giorni e provando a non comunque dare un senso ma tenendo assieme delle cose comprate come per esempio dei giornali dei vestiti e dei cd per riuscire a trovare delle gratificazioni immediate e intanto concepire un piano di crescita della mia vita come per esempio ho pensato quello del venditore di fruste per gelati industriali Kroc a cinquantadue anni ha fondato McDonald's.

Siccome ero uno studente a Milano non mi potevo permettere un affitto sono finito in un patronato cattolico in una casa retta dai preti con altri sei ragazzi e un uomo anziano tre arabi un albanese uno studente di medicina di Bari il figlio di un operaio di Quarto Oggiaro ciascuno con la sua camera la cucina la lavatrice in comune intavolavamo discussioni notturne sterminate su Maometto il Milan il senso della vita a diciotto diciannove anni dove mettere lo stendibiancheria.

L'uomo anziano era il responsabile del patronato di cui noi eravamo una specie di distaccamento la sera si chiudeva in camera sua con la bottiglia di Vecchia Romagna il videoregistratore dormiva dal venerdí sera al lunedí mattina con i sonniferi diceva che l'unica cosa che aveva avuto dalla vita era stato subito dopo la guerra su un treno due tedesche di sedici anni gli avevano fatto un pompino assieme e lui tutti i giorni ci pensava quando questo era successo nutriva ancora delle aspettative ma si era accorto che in realtà non c'era nulla da aspettare e quindi faceva il magazziniere beveva la Vecchia Romagna era amico di un handicappato con cui si vedeva ogni quindici giorni andavano a giocare a bocce viveva con noi in patronato perché la tristezza di stare solo diceva è terribile e mai piú due tedesche di sedici anni gli avrebbero fatto un pompino insieme come quando aveva diciannove anni e ritornava da Bolzano ed era stato quella volta felice stupefatto se mai fosse arrivato il controllore continuava a pregare mio Dio diceva fai che questo viaggio non finisca mai.

Il primo lavoro che ho fatto a Milano era distribuire volantini fuori dall'università Cattolica la pubblicità di un posto dove fanno le fotocopie guardavo la gente che mi guardava cercando di defilarsi per non prendere il pezzo di carta che gli davo da buttare via. La sera andavo in questa specie di capannone a prendere i soldi e cosí giorno dopo giorno fino a che non mi sono diplomato ho iniziato per tre mesi a incollare teste di paperotto di pezza in patronato mi arrivava il paccone pieno di peluche smontati io li montavo di notte sognavo una specie di cartone animato c'era una casa piena di paperotti di peluche che al mattino ricevevano un pacco pieno di diplomati al liceo classico con la testa staccata da attaccare con la colla e tutti insieme con il tubetto di colla si ritrovavano con i ragazzi in mano per lavorare parlando di Paperopoli dei problemi dei paperotti.

Poi dopo mi sono iscritto a biologia ho incominciato a attaccare sui cartelli stradali di Milano le pubblicità adesive di un'agenzia viaggi il padrone la chiamava pubblicità differenziata come quella dei rifiuti rideva diceva. Ogni notte mettevo le cuffie ascoltavo musica studiavo la comparsa dei batteri flagellati la condizione dei cianobatteri l'evoluzione dei mixobatteri.

Milano mi sembrava una cultura batterica piena di studenti disoccupati che facevano muffa in metropolitana lunedí martedí mercoledí giovedí venerdí sabato domenica i soldi che mi servivano per sopravvivere comperare i cd erano sempre di piú per cui sono andato in un'agenzia di lavoro mi hanno proposto diverse assurdità io alla fine ho accettato di fare l'assistente anziani cinque giorni alla settimana ventiquattro ore al giorno vivevo a Rapallo con un ex gerarca nazista di novant'anni la moglie la cuoca tornavo a Milano per dare gli esami e il sabato la domenica studiavo o anche la notte una volta messo a letto il gerarca ripassavo gli adattamenti alla simbiosi plastidiale.

Il mio lavoro consisteva nel contenere le smanie sessuali del vecchio controllare che non mangiasse troppi pasticcini portarlo a spasso nelle pinete senza mai perderlo di vista un momento perché sicuramente si sarebbe perso oppure avrebbe cercato di toccare il culo a una ragazza.

Questo vecchio era la mia fonte di reddito era in ottima forma fisica ma non capiva niente mi chiedeva se ero suo padre oppure sua moglie mi diceva che era strano che fossi sua moglie perché ero maschio una volta ha cercato di entrare nel mio letto perché eravamo sposati diceva poi si è messo a piangere perché si è reso conto ha detto Dio mio non riesco a distinguere mia moglie dagli amici e in effetti delle volte perdeva completamente la bussola un giorno era venuto da me con la valigia in mano dicendomi che doveva andare in Piemonte con suo cugino Hitler a raccogliere l'uva altre volte dava in escandescenze diceva che la moglie aveva cercato di rubargli seimila lire una notte mi sono svegliato c'era una puzza di cacca tremenda il vecchio nudo che girava per la casa con le mutande sporche che stavano prendendo fuoco appoggiate sulla lampada accesa.

Nel frattempo la problematicità dell'esistenza l'impossibilità che avevo di seguire le lezioni di frequentare il laboratorio di biologia mi aveva spinto a cambiare facoltà mi sono iscritto a filosofia anche se mi rendevo conto non avrei avuto nessuna prospettiva ma sicuramente in quel momento non mi interessava non ci pensavo ero affascinato dai filosofi classici che prendevano la vita la sistemavano come un compito a scuola prendevano dieci in senso della vita era tutto dimostrato solido rassicurante quadrato almeno fino alle crisi del contemporaneo per esempio Nietzsche che baciava gli asini a Torino scrivendo lettere squilibrate alla figlia di Wagner prima di finire in manicomio a fare pipí in mezzo al corridoio a guardare dritto in faccia fisso il significato dell'esistenza il disprezzo delle infermiere dell'ospedale.

Il giorno prima del mio appello d'esame in storia della Chiesa e dei movimenti ereticali nel medioevo il gerarca nazista si è strozzato con una tavoletta di cioccolato al latte ero ancora uno dei tanti giovani disoccupati di Milano.

4. La violenza illustrata, 1976

Secondo la versione ufficiale la polizia che presidiava la zona ha notato un gruppo di dimostranti con caschi e aste di bandiere che si stavano dirigendo verso largo Cairoli ha chiesto che abbandonassero le armi i dimostranti avrebbero risposto improvvisamente con un lancio di pietre le forze dell'ordine non hanno perso tempo hanno attaccato rincorrendo gli estremisti che avevano ripiegato in via Broletto mentre qualche minuto prima un altro folto gruppo di dimostranti con caschi fazzoletti e bandiere con aste di legno aveva raggiunto largo Cairoli provenendo da via Cusani dove arrivavano gli echi dei candelotti lacrimogeni che le forze dell'ordine avevano fatto esplodere in piazza Cordusio.

I gruppuscoli della sinistra extraparlamentare avevano cominciato a affluire per raggiungere largo Cairoli via Dante era stata bloccata dalla polizia i dimostranti molti dei quali portavano caschi da motociclista avevano in mano aste di bandiere usate come armi dopo brevi scaramucce si sono dispersi per le vie laterali cercando di raggiungere correndo largo Cairoli.

I primi violenti scontri sono avvenuti all'angolo tra via Cusani e corso Garibaldi dove la polizia aveva steso un fitto cordone formato da uomini e camionette c'è stato un lancio di candelotti lacrimogeni i dimostranti hanno risposto col lancio di pietre e bottiglie molotov dai gruppetti di sinistra disposti all'angolo tra via Dante e via Giulini sono partiti i primi sassi contro il cordone di agenti che impediva loro di raggiungere largo Cairoli.

Ci sono stati gli squilli di tromba poi una prima carica una prima bottiglia incendiaria è stata fatta esplodere in piazza Cordusio in fondo a via Dante dove giungeva la coda del corteo attestato in via Cusani i guerriglieri avevano formato delle barricate trascinando in mezzo alla strada numerose automobili private da largo Cairoli sono partite a sirena spiegata le jeep della polizia una dozzina di vetture a tutta velocità.

I dimostranti si sono ritirati ma nella fuga hanno cominciato a disselciare la strada formando nel contempo barricate con le auto in sosta il secondo focolaio è scoppiato in via Cusani nel largo costituito dal confluire di via Broletto via Ponte Vetero e via dell'Orso.

Al lancio di sassi e di biglie di ferro da parte degli estremisti le forze dell'ordine hanno risposto con i candelotti è cominciata la guerriglia barricate strade disselciate sassaiole sotto il fumo nero dei candelotti sparati dalle forze dell'ordine per disperdere i dimostranti.

I primi incidenti sono scoppiati lontano da via Cusani cioè in piazza Cordusio dove la polizia ha caricato un gruppo di estremisti è stato questo l'inizio dei disordini cariche violentissime si sono susseguite lungo via Broletto via Dante via San Tommaso e via Rovello in breve gli scontri si sono estesi in tutta la zona con punte di particolare violenza proprio in via Cusani dove si trovava il grosso dei manifestanti sono stati sparati centinaia di lacrimogeni quasi tutti ad altezza d'uomo alcuni dei quali hanno danneggiato i tram e gli autobus in sosta provocatori si davano alla distruzione di numerose auto in sosta.

Iniziati nel dedalo di viuzze nei pressi di largo Cairoli di fronte al Castello Sforzesco i disordini si sono estesi rapidamente fino a raggiungere via Solferino dove ha sede il «Corriere della Sera» una decina di bombe molotov sono state scagliate contro le finestre del giornale in particolare quelle della cronaca al piano terreno mattoni e biglie metalliche hanno raggiunto anche il primo piano dove sono andati infranti i vetri delle finestre della redazione e della sala telescriventi fiamme e fumo sono penetrati all'interno.

Le forze dell'ordine con le jeep e i jeepponi hanno cercato di travolgere le barricate ma il fumo dei candelotti sparati e le sassaiole da parte dei guerriglieri hanno fatto fallire la manovra due jeepponi si sono scontrati fra loro gli agenti sono stati costretti a ritirarsi per tornare alla carica poco dopo numerosi altri principî di incendio sono avvenuti sia su mezzi della polizia che sulle auto posteggiate nella zona.

In via Pontaccio gruppi di giovani si sono impadroniti di un autobus della linea 43 lo hanno spostato di traverso a fianco di un altro autobus bloccando completamente la strada in via Legnano due giovani hanno incendiato con stracci imbevuti di benzina due auto mentre in via Tivoli è stato appiccato il fuoco a un distributore di benzina i pompieri sono riusciti a domare le fiamme.

Nel pomeriggio dopo i primi scontri la guerriglia è apparsa organizzata con una tecnica che ha piú volte messo in difficoltà le forze dell'ordine i guerriglieri hanno sabotato i tram hanno bloccato in via Pontaccio un autobus della linea 43 passeggeri bigliettaio e conducente sono stati costretti a scendere e ad allontanarsi l'autobus è stato messo di traverso nella strada che è rimasta cosí bloccata. In via Broletto in via Tivoli in piazza Cordusio in via Pontaccio i tram sono stati bloccati provocando un gigantesco intasamento.

5. *L'oceano attorno a Milano*

La prima volta che ho visto Milano avevo cinque anni sono venuto con mio padre in piazza Duomo il giorno prima di Natale non so per quale motivo mio padre aveva l'ossessione di visitare i presepi in piazza Duomo c'era un grande presepe animato dentro un tendone siamo venuti a Milano per visitarlo mi ricordo appena usciti dalla metropolitana c'erano dappertutto piccioni non mi sono neanche accorto della chiesa grande il Duomo mio padre mi diceva di guardarlo mi indicava in alto la madonnina ma io guardavo dall'altra parte della piazza il palazzo con le insegne pubblicitarie grandi due volte le case del mio paese con la signora di tubi di luce che batteva a macchina intermittente rossa l'insegna al neon dell'aperitivo le canzoni di Natale che rimbombavano fortissimo attorno era come essere dentro una boccia colorata sintetica con la neve e il Duomo di Milano e tutte le persone che si urtavano velocissime attorno alla piazza illuminata.

Da allora per un po' di anni tornavamo in treno a Milano per la grande fiera campionaria che per me era una specie di paese in cui tutto era in vendita ogni cosa diventava mercato pieno di gente che guardava si vendevano case cibo rifugi atomici giocattoli vacanze tra gli stand prefabbricati verdi.

Tutto diventava dépliant da portare a casa assieme al ricordo l'odore delle patatine fritte del gas dello zucchero filato fino alla stazione dei treni di Bovisa nera densa di asfalto e di rotaie marroni tra le pietre, unte.

Mia madre ci aspettava a casa com'è Milano ci chiedeva io dicevo grande indicavo con le braccia il piú possibile ma senza il cielo il cielo non c'è ci sono le luci dappertutto non c'è mai notte silenzio.

Io mi ricordo pensavo che a Milano gli orologi andassero piú svelti rispetto al mio paese che ogni giorno durasse al massimo quattro o cinque ore e poi da capo con le lancette impazzite che giravano dentro i tabelloni della stazione con le persone che ballavano con la borsa del lavoro a ritmo di tempo veloce.

A Milano, diceva mia madre, si va per lavorare.

Io pensavo che Milano fosse come un album di figurine di calciatori impiegati americani, panettieri carabinieri operai ragazzi un insieme di abitanti normali inauditi senza faccia un album di tre milioni di pagine completato con tutti gli adesivi al loro posto incollate vuote perché le persone erano dovute andare via nella stessa frenesia che avevo provato la prima volta che ero stato in piazza Duomo io immaginavo che di notte all'improvviso la piazza si svuotava che andassero via i piccioni c'era la luna per un attimo la pubblicità della macchina da scrivere smetteva di lavorare l'aperitivo non lampeggiava piú, la ragazza di tubi di luce scendeva si faceva silenzio.

Io da bambino non riuscivo a capire come Milano a un certo punto finisse come si passasse ai casermoni tutti uguali delle periferie sciogliendosi sempre di piú nel mondo circostante fino a diventare paese dal finestrino del treno guardavo cercavo di cogliere il punto esatto in cui una città finisce il luogo dove gli orologi smettono di correre veloci tra i passaggi a livello ma non ero capace di farlo.

E dopo giorni ci pensavo mi immaginavo Milano sospesa in un piatto nel cosmo con l'oceano attorno i pesci gli animali dove venivano scaraventati quelli che non riuscivano a lavorare come un immenso meccanismo che è tutto e attorno tutto deve ancora incominciare.

Come una specie di sogno planetario di articoli invenduti di sirene di persone che gridano prendono l'aperitivo guardano il Duomo.

Poi vicino al mio paese ha incominciato a crescere un po' di milanesità hanno aperto il primo supermercato una specie di luna-park di acciaio pieno di merluzzo surgelato da comperare. Io e i miei genitori ci andavamo il sabato in auto come a una festa un'enorme quantità di cose impilate con il prezzo sugli scaffali con la stessa luce milanese della fiera il modo delle persone di andare avanti e indietro velocemente a confrontare i prodotti nel supermercato si mischiavano famiglie di molti paesi del varesotto eravamo tutti stranieri arrivati a comperare le brioscine il totano impanato era l'aprile del 1977 il momento in cui avevamo capito che un giorno le televisioni sarebbero diventate a colori c'era stato un grosso equivoco nel mio paese avevamo capito che improvvisamente i programmi si sarebbero trasformati siamo rimasti tutto il paese alzati fino alle quattro di notte per esempio a casa mia i miei genitori i miei nonni avevano preso un mucchio di caffè era un evento inaudito fissavamo lo schermo i vestiti delle persone che parlavano ricordo alle quattro del mattino abbiamo applaudito forte ci sembrava che la cravatta di un postino di un film degli anni Cinquanta fosse diventata blu a noi sembrava che il mondo stesse incominciando a cambiare per sempre.

Per me allora vivere in un paese voleva dire avere imparato a memoria Monopoli continuare a giocare a Monopoli avere in mente tutta la scacchiera la situazione del gioco vicolo stretto vicolo corto il posto in cui si trovavano le case tutte le settimane ripartendo dal via con la mancia domenicale con le stesse persone le stesse strade da percorrere immutate.

C'erano tutte le pedine qualcuno che manovrava dall'alto ogni tanto un giocatore si ritirava si faceva il funerale mettevamo il cartello fuori dalla porta in strada da quel momento nelle conversazioni per esempio se era morto uno che si chiamava Andrea se si parlava di lui si diceva il povero Andrea si ricominciava a giocare da capo un'altra volta si assorbiva il colpo come in un cartone animato bulgaro rallentato al massimo, con gli orsacchiotti intercambiabili l'arrivo puntuale della neve a novembre.

Gli anni grondavano fuori dalla finestra appesi uno dopo l'altro misteriosi come grosse calze della befana dentro la televisione.

Nel mio paese c'era uno scemo lo chiamavamo Giancarlo matto un tipo con il collo snodabile tutti lo prendevano in giro lo invitavano al bar gli offrivano da bere dopo due o tre grappini Giancarlo incominciava a dare i numeri a raccontare cose incredibili Giancarlo matto era convinto di essere un ginecologo una volta aveva convinto una tipa a farsi operare da lui.

Lei era un'altra pazza si metteva all'unico semaforo del paese saliva sulle macchine ferme al rosso si sedeva diceva che era incinta di farsi portare subito all'ospedale ma non era vero nessuno voleva metterla incinta nessuno voleva averci a che fare a parte Giancarlo matto che un giorno ha avuto pietà di lei le ha detto noi scemi del paese non possiamo avere figli cosí l'ha operata sul tavolo di casa sua con il vestito da medico fatto con le lenzuola lo stetoscopio rubato al pronto soccorso con il coltello per i surgelati le forbicine per i peli del naso la paletta per tagliare il dolce quasi l'ammazzava e questa era una storia che nel paese tutti si raccontavano ogni giorno al bar.

Ogni tanto Giancarlo matto veniva dentro il cortile di casa mia dove c'era il cane dei miei vicini si avvicinava alla cuccia il piú vicino possibile distante a sufficienza per non essere morso il cane incominciava a abbaiare Giancarlo matto stava lí immobile gli raccontava il senso della sua vita con il collo snodabile faceva dei segni con la mano io lo guardavo dalla finestra pensavo dove sarebbe finito Giancarlo matto per esempio in un posto come Milano con tutta la gente che ti tira via da tutte le parti i piccioni premendo forte per uscire dalla piazza dalle fabbriche per entrare in metropolitana nelle strade.

Se Giancarlo matto fosse vissuto a Milano, si sarebbero trovati soli lui e l'oceano attorno e i pesci primordiali, le meduse.

6. *Lallazione*

Arriva Carlo Magno fa fuori Desiderio ultimo re longobardo nel 774 ma alla sua morte nell'814 l'Impero si disgrega nel caos del feudalesimo a Milano emerge l'arcivescovo Ansperto che acquista nuovi territori fa erigere svariate chiese prima dell'arrivo di Bonizone il tiranno ucciso dal popolo attorno all'anno 1000 mentre continuano estenuanti guerre tra vassalli e valvassori che si protraggono fino al 1037 quando Corrado II il Salico pone fine alle controversie sancendo l'ereditarietà dei feudi minori provocando la reazione borghese che scaccia i nobili dalla città favorendo la nascita della pataria un movimento che si propone la trasformazione radicale della Chiesa.

Si crea allora una nuova aristocrazia nasce il comune con i consoli che amministrano la città con i vescovi con la costruzione di due canali navigabili uno dei quali è il naviglio grande il primo canale navigabile del mondo. Il comune di Milano viene riconosciuto dall'imperatore Milano cresce si arricchisce suscitando le ire di Federico Barbarossa che assedia due volte la città costringendola alla resa fino a che un esercito alleato di cremonesi mantovani bergamaschi e bresciani non lo costringono a sua volta alla resa.

Milano continua a crescere Federico II marcia piú volte su Milano piú volte sconfitto dagli eserciti delle città alleate mentre continuano le lotte interne i contrasti tra le opposte fazioni nella seconda metà del 1200 Napo della Torre diventa dittatore viene sconfitto a Desio da Ottone Visconti arcisvescovo che prende il potere che rimarrà alla sua famiglia per circa centocinquanta anni tra continui conflitti l'inizio della costruzione del Duomo nel 1386 con il progressivo allargamento del potere della famiglia Visconti che diventa la seconda signoria d'Italia. Nel 1447 Francesco Sforza prende d'assedio la città che capitola affamata si distingue per generosità e magnanimità fino alla pestilenza che uccide oltre trentamila persone Francesco muore arriva suo figlio Galeazzo Maria che viene ucciso arriva Leonardo da Vinci il potere viene assunto da Ludovico fratello di Galeazzo Maria nuovo padrone di Milano. Ludovico sposa Beatrice d'Este sconfigge re Ferdinando nel 1494 convince Carlo VIII a scendere in Italia al suo fianco lo costringe a riparare in Francia.

Nel 1499 Milano cade in mano francese. Nel 1524 un'epidemia uccide ottantamila persone riprende virulenza e spopola nel 1528 nel 1535 il potere passa in mano spagnola. Si accavallano susseguono anni bui emergono le figure di Carlo e Federico Borromeo con successioni irregolari di pestilenze nel 1576 muoiono diciassettemila persone nel 1629 piú di settantamila Milano resta isolata fino al 1689.

Con l'arrivo di Eugenio di Savoia nel 1706 Milano diventa austriaca la Francia dichiara guerra all'Austria si prende Milano ritornano gli austriaci viene riformato il catasto abolito l'ordine dei gesuiti bruciato il teatro Ducale costruito il teatro alla Scala viene messa la madonnina sul Duomo nasce Manzoni.

Nel 1796 arriva Napoleone l'anno dopo crea la Repubblica cisalpina si oppone agli austriaci arriva Stendhal nasce la Repubblica italiana viene terminato il Duomo aperto il naviglio pavese Napoleone si fa proclamare imperatore nel Duomo di Milano fino a che Napoleone abdica esplode la rivolta entra in città il commissario austriaco Annibale Sommariva viene ultimato l'atrio trionfale di porta Ticinese.

Dal 1832 in progressione viene inaugurata la Galleria De Cristoforis compaiono i primi omnibus ha successo il primo esperimento di illuminazione a gas Pio IX diventa papa esplode il '48 i soldati imperiali vengono scacciati Milano viene annessa al Piemonte i piemontesi vengono sconfitti ritornano gli austriaci viene arrestato Silvio Pellico si sviluppano le industrie tessili metallurgiche metalmeccaniche gli austriaci abbandonano definitivamente Milano nel 1859.

Napoleone III e Vittorio Emanuele entrano trionfalmente in città Vittorio Emanuele assume nel 1861 il titolo di re d'Italia vengono realizzati la galleria Vittorio Emanuele il cimitero monumentale nel 1872 si verificano i primi scioperi nel 1876 esce il primo numero del «Corriere della Sera» nel 1883 nasce la società italiana di elettricità con il sistema Edison di seguito viene fondato il Touring club scoppia il '98 vengono uccise ottantatre persone in quattro giorni nel 1899 nasce il Milan cricket and football club mentre da una scissione dal Milan l'Inter nasce nel 1908 nel 1914 scoppia la Prima guerra mondiale.

Nel 1916 il primo bombardamento causa quattordici morti quaranta feriti nel 1918 l'anno della vittoria Milano è colpita da un'epidemia influenzale che miete seimila vittime Mussolini organizza il partito fascista con sede in via Paolo da Cannobio Angelo Motta inventa il panettone i fascisti assaltano le sedi dei giornali a loro avversi nel 1922 si impadroniscono di palazzo Marino Mussolini diventa capo del governo nel 1923 si inaugura la fiera campionaria nel 1926 viene inaugurato lo stadio di San Siro scoppia la Seconda guerra mondiale nel 1942 un bombardamento inglese fa settecento vittime nel 1943 Milano è occupata dai nazisti inizia la resistenza Mussolini viene ucciso e appeso in piazzale Loreto nel 1945 inizia la ricostruzione.

Il 28 giugno 1946 Enrico De Nicola è il primo presidente della repubblica si dimette viene rieletto intanto nasce il totocalcio vincono i democristiani il grattacielo Pirelli è il piú alto d'Italia inizia il centrosinistra viene nazionalizzata l'energia elettrica arrivano gli immigrati dalla Bassa padana dal Veneto dall'Emilia dalla Toscana dalle vallate delle Prealpi lombarde dal Meridione d'Italia arrivano gli hippy le controculture il '68 salta per aria piazza Fontana ci sono *Canzonissima* l'Austerity il referendum per il divorzio si diffondono i surgelati la repressione poliziesca in Milano e nelle principali città d'Italia vere e proprie guerriglie quotidiane nascono Edilnord Italcantieri Fininvest s.r.l. Milano 2 Milano 3 nel 1977 inizia *Happy Days* nel 1978 nasce Tele Milano Aldo Moro viene assassinato nel 1979 Silvio Berlusconi è presidente del nuovo gruppo Fininvest crescono il Partito socialista di Bettino Craxi la globalizzazione mondiale la canzone *Sbirulino* arriva alla sessantanovesima posizione dei quarantacinque giri.

Craxi diventa capo del governo nascono i paninari muore Claudio Villa crolla il muro di Berlino arrivano *Beautiful* Tomba Di Pietro la seconda repubblica in piazza Cordusio a Milano chiude Burghy sostituito da McDonald's in televisione si susseguono le guerre del Golfo del Kosovo i videoclip degli Smashing Pumpkins il governo di centrosinistra Megan Gale.

7. *Nel settore delle vendite strategiche*

Dentro di me c'era una folla che mi diceva di andare in tutte le direzioni ininterrottamente faceva notte nella mia stanza di patronato sui cartoni strappati all'ingresso della Stazione Centrale nell'università nel flusso di paura e colori che fuori dai tram urlava di essere Milano.

Il giorno che mi sono laureato di pomeriggio sono andato in periferia a Peschiera Borromeo un paesino nuvoloso pieno di odore di camion avevo letto sul giornale l'inserzione cercavano a Peschiera Borromeo come il cardinale Borromeo piazza Borromeo giovani laureati cercansi per lavoro.

Opportunità prestigiosa si prega presentarsi alle 18 con giacca cravatta forte attitudine al colloquio imprenditorialità. Faceva freddo era l'8 novembre eravamo in trenta convenuti con la giacca fuori da un capannone la cravatta prestata dagli amici il freddo il cielo livido un'ansia forestale improvvisa il silenzio divorava il tempo di capire se c'era opportunità di lavorare.

Pensavo alla varietà della vita al fatto che tre

ore prima in università parlavo con il mio relatore il mio correlatore che leggevano il giornale delle traduzioni in italiano dell'Enciclopedia delle scienze filosofiche in compendio di Hegel mi avevano fatto una domanda sul senso della storia visto dal punto di vista dell'intelletto e poi della ragione si sentiva la pioggia che batteva forte sul cornicione dell'aula il mio relatore sosteneva che in alcuni passaggi del mio lavoro avevo trascurato i problemi inerenti alla traduzione del concetto di momento dialettico della comprensione del movimento della storia in rapporto anche alle pressioni delle nozioni di Herbart su Bernardo Bolzano con un tono della voce grigio nasale sempre piú diradato attraverso i secondi che ticchettavano tutt'intorno alla mia tesi alla mia colossale entrata nel mondo dei laureati come nei dialoghi di un cartone animato cecoslovacco quando spegni un grosso televisore in bianco e nero sfumano.

Alle sei in punto all'ingresso del capannone è arrivato un ragazzo sui venticinque anni una specie di steward senza aereo in divisa blu con un sorriso da dentifricio texano ha aperto una serranda ci ha fatti entrare in uno stanzone metà aula universitaria metà garage con un'immensa cattedra il ragazzo ci ha fatti sedere è andato alla cattedra ha preso in mano un barattolo di crema ha detto questa crema, è il vostro futuro.

L'università è uno scontro di forze un assedio medievale al potere delle parole articolate da chi le detiene sbuffando come un principe arrogante a volte o ben disposto nei confronti del popolo dei corridoi delle aule a crociera delle segreterie affollate affamato di ventisette e mezzo ventinove trenta e lode pensavo.

Sí perché questa crema ha continuato lo steward è la nostra possibilità l'occasione concreta di affermarvi con il multilivello nel settore delle vendite strategiche.

Si è accarezzato i capelli ha detto io stesso non ci credevo ma adesso ho due auto la casa di proprietà il rispetto dei miei conoscenti che mi vedono passare realizzato perché è una crema assolutamente naturale ecologica per il corpo adatta agli uomini alle donne che mi permette tranquillamente un guadagno netto di otto milioni al mese con incrementi progressivi io sentivo l'agitazione cosmica la paura crescere nei volti dei laureati eravamo tutti vestiti come dei commercialisti smarriti come dei bambini seduti tesi a guardare barattoli di futuro di crema biodegradabile perché oggi come oggi continuava il tipo sbracciandosi come un profeta il settore estetico richiede la cultura di saper vendere un prodotto utile all'acquisto di una serenità psicofisica nella società multimediale in cui siamo è importante non trascurare la genuinità degli articoli per esempio la nostra crema è esente dall'aggiunta di qualunque additivo coloranti conservanti si presenta bene è buona nella sostanza dei fatti è la chiave che vi permette anche un giorno volendo considerare la possibilità di mettere su una famiglia ci sono molte coppie impegnate nel multilivello di ottima cultura possiedono anche terreni di mille metri quadri infatti io conosco una coppia di Frosinone miei amici hanno cominciato con le creme piano piano oltre a trovare molti amici sono cresciuti all'interno della nostra ditta ci sono altri prodotti di evidente fattura concorrenziale nel loro caso hanno acquistato una casa a Cuba oltre a quella in cui vivono a Milano pianificando una strategia di vendita mi sono alzato sono uscito dalla porta dopo aver pensato di farlo con un salto netto dalla finestra ho vagato per due ore per Milano ripensando alla mia tesi ai complimenti seriali del relatore alla crema alle pubblicità dei cellulari che vedevo sui cartelloni al fatto di avere trent'anni al vuoto che mi cresceva dentro alla neve che incominciava a scendere spettrale non avevo nessun punto di riferimento oltre ad alcune nozioni di questioni tecniche di traduzione di filosofia tedesca dell'Ottocento un senso indisponente di fame ancora la neve che si scioglieva al contatto con l'asfalto ho preso la metropolitana.

8. Cosí stavo andando in metropolitana mi è venuta fame sono andato da McDonald's a mangiare un McBacon

Cosí stavo andando in metropolitana mi è venuta fame sono andato da McDonald's a mangiare un McBacon sono sceso in piazza Cordusio nevicava forte come un'interferenza nella città quasi invisibile. Evidentemente la neve non c'entra con il modo frenetico di questo posto pensavo.

Pensavo molte cose allo stesso tempo.

Pensavo che stavo male.

Allora io ero laureato consideravo conoscevo moltissime cose per esempio essendomi laureato proprio quel giorno in filosofia sapevo benissimo a differenza di quello che diceva il mio correlatore il senso della dialettica nella concezione della storia hegeliana anche se nessuno mi aveva insegnato come vendere le creme oppure aprire un Mac in franchising dopo avere accumulato però risparmiando molto duecento milioni circa nel qual caso avrei potuto attraverso un investimento significativo ma scaglionato nel tempo pagare l'affitto comprare le attrezzature l'arredo i mobili pianificare il lancio del locale pagando una percentuale a McDonald's Italia un'altra alla McDonald's Corporation negli Stati Uniti per l'utilizzo del marchio un'altra pari al quattro per cento dei ricavi al fondo comune del consorzio McCoopItalia '96. Questo fondo viene impiegato direttamente per la pubblicità nazionale per le iniziative di promozione e di sponsorizzazione anche internazionali.

Come per esempio avviene per la Champion's League o il Campionato del mondo di calcio. Nel 1998, per pubblicizzare l'immagine McDonald's il consorzio ha speso circa venti miliardi leggevo nel libro *McDonald's una storia italiana* distribuito all'ingresso del locale.

Tutti i McDonald's del mondo sono uguali ma quello di Piazza Cordusio è l'unico in cui che io sappia sedendoti se guardi fuori c'è McDonald's.

Ero in coda e leggevo, pensavo è proprio strano questo.

In piazza Cordusio i McDonald's sono due.

All'inizio in piazza Cordusio c'era soltanto Burghy che era come McDonald's la differenza stava in un panino il Kingbacon che c'era da Burghy e da McDonald's no.

Il Kingbacon aveva la salsa bacon e il bacon con due hamburger.

Poi dall'altra parte ha aperto McDonald's e cosí agli inizi degli anni Novanta c'era un momento di grande competitività Mac fronteggiava direttamente Burghy Burghy fronteggiava Mac un corpo a corpo di panini insalate di plastica gelati pezzetti di pollo impanati gente.

Nel 1992 c'era stato l'acquisto di Burghy da parte dei McDonald's e cosí il Burghy di Piazza Cordusio ha chiuso è diventato McDonald's e da allora in questa piazza a poche centinaia di metri dal Duomo di Milano ci sono due Mac mentre in piazza Duomo per esempio ma anche in tutti gli altri posti del mondo c'è un Mac solo, Mac.

Allora come è successo per esempio con i culti pagani sostituiti dal cattolicesimo si sono trasformati dei templi in chiese dove rimangono delle lievi tracce del culto precedente opportunamente adattate trasformate cosí anche McDonald's che ha sostituito Burghy adesso ha il McBacon la variante McDonald's del Kingbacon il panino piú amato di Burghy quello che gli dava una propria personalità.

Cosí pensando la coda avanzava avevo deciso che in memoria dei miei primi giorni universitari quando mangiavo da Burghy avrei preso un McBacon era un gesto chiaramente di fame ma anche un modo di ricordare il passato la mia memoria personale milanese.

Quando sono arrivato alla cassa, c'era una ragazza.

9. 8 novembre 1999, h. 21.10

Non riuscivo piú a capire che panino volevo ero in piazza Cordusio in uno dei due McDonald's nevicava la sera del giorno della mia laurea con l'intenzione di mangiare un McBacon è arrivato il mio turno alla cassa numero 3.

Improvvisamente mi sono trovato a slittare sulle parole che avevo in testa non riuscivo a formularle erano cosí esotici i suoni lontani rimbombavano, nel locale c'era la musica diffusa la versione di *Il cielo* di Renato Zero rifatta da Fiorello.

Lei mi ha guardato mi ha detto ciao io le ho detto un Kingbacon una Coca lei ha sorriso mi ha corretto ha detto McBacon io non riuscivo a staccare gli occhi dai suoi. Come per esempio se tu sei Sanremo e tutti gli anni tutte le sere i cantanti salgono sul tuo palco presentano sempre la stessa canzone davanti allo stesso pubblico annoiato poi all'improvviso una sera arriva qualcosa qualcuno con un brano completamente diverso come non ti aspettavi piú ormai che accadesse il pubblico si alza inizia a ballare tu quasi non ci credi ritrovi la gioia di essere Sanremo in quel momento ti sembra di essere invece che Sanremo la Scala un concerto dei Pink Floyd.

E non avevo capito perché il mio cuore aveva iniziato a battere fortissimo come Mennea alle Olimpiadi del 1980 nella finale dei duecento metri a cinquanta metri era ultimo poi improvvisamente gli sono venute le vene grosse sul collo ha iniziato a volare ha superato tutti ha vinto io ero sul balcone di casa mia con la bandiera italiana tutti gridavamo Mennea Mennea non capivamo piú niente, e anche quella sera nella pressione che incombeva della coda dietro di me alla cassa dovevo decidere il menu il panino da prendere mi sono fatto forza mi sono corretto ho detto un McBacon la ragazza ha sorriso di nuovo e quindi ho detto McBacon come avrei potuto dire chiocciola aeroporto Hegel in quanto sentivo le parole anche loro come piccoli corridori andare via lontano veloci incomprensibili come le note di un disco a 45 giri fatto girare a 78 schizzavano via dappertutto si confondevano al brusio di McDonald's alle voci lombarde filippine spagnole toscane americane Fiorello del locale che rimaneva sullo sfondo sfumava come i tavoli le sedie le macchinette per il gelato le persone, come se si fosse spalancato un abisso in cui c'erano soltanto gli occhi di lei rotondi inaspettatamente circolari dove io scivolavo cullato un abisso in cui il tempo non riusciva piú a capire bene cos'era stato.

Avrà avuto la mia età.

E aveva i capelli biondi raccolti il cappellino di McDonald's.

Era come se fossimo in teatro nel senso che io

ero un cliente con la giacca la cravatta lei la cassiera con la camicia il cravattino di McDonald's recitavamo in una provincia lontana dell'universo a Milano.

E mi sono fatto coraggio ho continuato le ho detto che volevo anche le patatine fritte piccole tanto per guadagnare qualche secondo rimanere lí lei diventando piú professionale mi ha detto che allora in effetti con le patatine mi conveniva prendere il menu perché cosí potevo risparmiare quasi duemila lire McBacon patatine bibita e mi piaceva molto come diceva duemila lire e anche come diceva menu patatine bibita le ho detto sí va bene il menu da ottomilanovecento.

C'erano due persone davanti a lei da una parte io sul palco che recitavo il ruolo del cliente dall'altra improvvisamente il mio ruolo reale la mia identità il senso della mia vita era prenderla portarla via di lí da Milano dalla Lombardia dall'Italia dall'Europa in una frazione di secondo ho pensato.

E ho pensato che lei era la principessa io il principe come i due eroi della canzone di David Bowie per un giorno soltanto e cosí facendo sentivo che anche lei era emozionata è andata via a prendere le patatine non vedevo l'ora che tornasse cercavo di guardarla ma davanti a me c'era la fila della cassa 2 aperta.

Alla fine della carriera Mennea si è ritirato ha completato gli studi preso la laurea la ragazza è ritornata con le patatine la Coca me li ha messi sul vassoio ho letto sulla targhetta sulla camicia si chiamava Gianna le ho dato i soldi mi ha chiesto se volevo la salsa mi ha dato il resto lo scontrino le ho detto di sí anche se non avevo mai preso né la ketchup né la maionese specialmente da McDonald's dove al posto della maionese ti danno la salsa per le patate che è una maionese grassa modificata con dei pezzettini verdi, una specie di verdura.

Cosí, abbiamo iniziato a parlare.
Io avevo il vassoio in mano.
Lei stava chiudendo il coperchio della Coca.

Le ho detto che la maionese di Burghy era molto piú buona che aveva gli occhi rotondi lei ancora ha sorriso ha detto che tra cinque minuti avrebbe finito di lavorare, se volevo potevo aspettarla mi sembrava tutto strano, la mia vita ho sorriso, le avrei voluto dire che l'aspettavo da tutta la vita.

10. Il cielo

Ci sono vetrine che restano accese anche quando non ci sono piú, che erano già accese prima di esistere, tanti secoli fa, a causa della luce che squarta il cielo quando sei in piazza Cordusio vicino a dove c'è la vetrina dei vestiti di Elena Mirò con i manichini i bicchieri con l'acqua colorata per terra che è azzurra e poi diventa blu gradualmente come il mare che senti agitato di organismi e pesci, il rumore del 12.

Allora lei è uscita da McDonald's e anch'io sono uscito con lei nevicava ancora, passava gente nella piazza senza intervallo fredda.

Non sapevo niente di lei.

Le ho detto sai mi sono laureato stamattina in filosofia ho iniziato con biologia davo le pubblicità di un negozio di fotocopie lei mi ha detto io sono emiliana io le ho chiesto se le piacevano i vestiti di Elena Mirò lei non ha risposto, lei aveva gli occhi che mi emozionavano per cui le parole che dicevo facevo una fatica tremenda a dargli un senso, a controllare la grammatica a non fare la figura dello stupido a contenere la piazza che diventava sempre piú grande ha detto voleva sapere cosa vuol dire che aveva gli occhi rotondi io le ho detto che ci sono delle perfezioni che sono proprio cosí, per esempio i suoi occhi erano azzurri come l'acqua dei bicchieri della vetrina, diventavano mare anche se sei a Milano e sono le dieci di sera c'è il sole, il mare.

E le parole mi sembravano binari che scorrono dappertutto senza incrociarsi mai.

11. Epilogo

E prima della fine dell'estate prima che mi venisse questo impossibile coraggio di baciarla prima di andare di sopra a fare le valigie prima di partire prima di leggere «Topolino» prima di diventare grande prima di diventare comunista o democristiano prima di finire la scuola prima di andare a letto prima che qualcosa strapiena di sí scoppiasse pianissimo le ho detto, amore mio infinito.

Nota

Amore mio infinito è dedicato a Tina, che con amorosa cura mi ha accompagnato in questo viaggio.

Ringrazio Fabio Simonelli, che mi ha regalato il soggetto di *La bambina*. Ringrazio tutte le persone che mi sono state vicine, con i loro consigli e la loro pazienza, nella stesura di questo libro: Raul Montanari, Daniela e Luigi Bernabò, Tiziano Scarpa, Niccolò Ammaniti, Elena Stancanelli, Tommaso Ottonieri, Tommaso Labranca, Elisabetta Sgarbi, Isabella Santacroce, Severino Cesari e Paolo Repetti. Un ringraziamento inoltre a Donata e Saverio Simonelli e a Peppe, Romana, Marianna e Simona Di Marzo per l'ospitalità a Tropea, dove *Amore mio infinito* ha preso forma.

Grazie a Edoardo Bennato per la gentile concessione dei testi dalle sue canzoni (*Il rockodrillo* e *Nel covo dei pirati* in *Sono solo canzonette*, Edizioni Musicali 55, Music Union, 1980; *Quando sarai grande* in *Burattino senza fili*, Edizioni Musicali 55, Music Union, Pegaso, 1977) e a Max Pezzali per i versi da *Gli anni*.

Il paragrafo *La violenza illustrata, 1976* di *Quarta cosa. Piazza Cordusio, 1999* è il remixaggio di un brano del romanzo *La violenza illustrata* di Nanni Balestrini (Einaudi, 1976). Grazie Nanni!

[illegible] ed [illegible] con, [illegible] [illegible] impaginato [illegible].

[illegible] Fabio [illegible] [illegible] [illegible] [illegible] [illegible]

[illegible] Edizioni Musicali [illegible] Music Union [illegible]

[illegible]

Indice

Stampato per conto della Casa editrice Einaudi
presso Mondadori Printing S.p.A., Stabilimento N.S.M., Cles (Trento)

C.L. 14648

Edizione							Anno			
4	5	6	7	8	9	10	2004	2005	2006	2007